Robert Habeck · Andrea Paluch

Flug der Falken

ROBERT HABECK · ANDREA PALUCH

FLUG DER FALKEN

Mit einem Sachteil
von Michael Kladny

EDEL
KIDS BOOKS

Flug der Falken
ISBN: 978-3-96129-175-5

Edel Kids Books
Ein Verlag der Edel Germany GmbH

Neumühlen 17, 22763 Hamburg
www.edel.com
1. Auflage 2020

Text: Robert Habeck und Andrea Paluch
Sachtext: Michael Kladny
Lektorat: Almut Schmidt
Umschlaggestaltung: Formlabor
Projektkoordination: Rebecca Hirsch
Layout und Satz: Uhl + Massopust, Aalen
Herstellung: Frank Jansen
Druck und Bindung: GGP Media GmbH, Pößneck

Printed in Germany

Andrea Paluch, geboren 1970 in Hannover, hat als Kolumnistin, Dozentin und Lernberaterin gearbeitet und zahlreiche Romane, Jugend- und Kinderbücher (u. a. »Zwischen den Jahren« und »Zwei Wege in den Sommer«) veröffentlicht.

Viele davon zusammen mit **Robert Habeck**, geboren 1969 in Lübeck. Robert Habeck war sechs Jahre lang stellvertretender Ministerpräsident und Umweltminister in Schleswig-Holstein und wurde 2018 zum Bundesvorsitzenden der Grünen gewählt. 2019 wurde das erste gemeinsame Kinderbuch der beiden, »Ruf der Wölfe«, bei Edel Kids Books neu aufgelegt. Das Paar hat vier Söhne und lebt in Flensburg und Berlin.

Ich will die Dinge, die sind, sichtbar machen,
so wie sie sind.

Kaiser Friedrich II., *Über die Kunst mit Vögeln zu jagen*

Die Oberfläche des Nils ist vom Wüstenwind gerippt. Schräg laufen die kleinen Wellen auf das Ufer zu. Weiter im Norden wird der Fluss braun. Er ist dann so reißend, dass seine Wellen nicht aus Wasser, sondern aus mitgespültem Schlamm bestehen. Bei Edfu ist der Nil noch schmal, fließt ruhig dahin und nimmt sich Zeit für einen Strand. Auf dem Sand spielen Wasser und Sonne Fangen. Die Stadt sieht aus wie Schaumkronen. Die Häuser sind ins Land gesprenkelte Gischt. Ein heißer Wind bläst den Geruch von Falafeln und Gewürzen zum Fluss.

Hier steht der riesige alte Tempel des Gottes Horus. Im Osten steigt steil die Arabische Wüste an.

Ein junger Mann geht an den Säulen des Horus-Tempels vorbei. Während die anderen Menschen aus Edfu sich nicht für diese Steine, die schon vor über zweitausend Jahren aufeinandergewuchtet wurden, interessieren und auch nicht für die Gänge und Hallen hinter den dicken Mauern, für die Reliefs von Kriegen und Festen, bleibt er einen Moment andächtig vor dem Tempel stehen und senkt den Kopf. Als er weitergeht, hat er die Sonne im Rücken. Hinter der Moschee biegt er in eine kleine Gasse ein. Händler mit Karren voll Zuckerrohr und eine Ziegenherde kommen ihm entgegen, und er muss sich in eine Nische drücken, um die Tiere vorbeizulassen. Die Straße ist nicht gepflastert, und der Staub steigt bis zu den oberen Fenstern der Häuser auf. Der Mann hat schwarze Haare, die ihm bis zum Kinn reichen und die er mit einem schmalen Reifen nach hinten geschoben hat. Seine Haut ist braun, fast bronzefarben, und sein Gesicht ist glatt und schmal, schmaler als die Gesichter der Händler, denen er eben ausgewichen ist. Der junge Mann zieht einen Schal vor Mund und Nase. Er trägt nicht wie die anderen Männer in der Stadt einen Burnus und die arabische Kopfbedeckung, sondern ein kariertes Hemd und weite Leinenhosen. Jetzt überquert er die Gasse und öffnet ein kleines Eisentor. Es führt in einen Innenhof, in dem Grabstätten dicht nebeneinandergedrängt liegen. Der junge Mann geht zwischen den Gräbern hindurch. Der gesamte Friedhof liegt im Schatten, hohe Häuser stehen ringsum. Die Sonne fällt nur mittags in den Hof. Ihn fröstelt.

Das Grab, vor dem der junge Mann stehen bleibt, liegt in der hintersten Ecke des Hofes und ist ein einziger großer Steinblock. Auf der Vorderseite ist ein Relief zu sehen, das eine junge Frau auf einem Thron zeigt. Ihr Gesicht ist im Profil zu sehen und ähnelt den feinen Zügen des jungen Mannes – eine schmale Nase, lange Wangen und geschwungene Augenbrauen. Auf der hohen Rückenlehne des Throns sitzt ein Raubvogel. Er hat die Schwingen gespreizt und wie einen Lorbeerkranz um den Kopf der jungen Königin gelegt.

Der Mann kniet nieder und legt seine Stirn an den Stein. So verharrt er, die Augen geschlossen. Schließlich hebt er den Kopf.

»Ich fahre nach Deutschland. Der Falke ist dort. Jetzt wird alles gut.«

In diesem Moment fällt ein schmaler Streifen Licht durch die Häuserfront. Der Mann steht auf und geht.

1

Die Sonne brennt durch die Fensterscheibe auf mein rechtes Ohr. Ich habe das Gefühl, mir laufen glühende Ströme Lavaschlacke über die Stirn. Für Anfang Juni ist es viel zu heiß. Es sind noch drei Tage bis zu meinem Geburtstag, und so eine Hitze hat es noch nie gegeben, solange ich mich erinnern kann. Im Kursraum ist es stickig. Zehn nagelneue Laptops stehen auf den Tischen. Vor jedem Laptop hocken zwei bis drei Leute aus meiner Klasse. Ich habe mit Lasse einen zusammen. Wir warten, dass eine Verbindung zur Homepage von www.horus-spiel.com hergestellt wird. Das ist die Firma, die das Computerspiel *Seths letztes Gefecht* vertreibt. Aber das Netz ist wohl schon zu voll. Es dauert ewig, bis der Computer seine Bytes sortiert hat. Es ist fast ein Uhr, und in zehn Minuten ist die Stunde um.

Seit den Weihnachtsferien haben wir ein neues Unterrichtsfach. Es heißt Medienkunde und ist innerhalb kürzester Zeit zum Lieblingsfach der ganzen Klasse geworden. Kurz nach Weihnachten hatte die Sekretärin des Rektors einen Brief an unsere Eltern geschrieben, in dem sie mitteilte, dass im Medienkundeunterricht gelernt werden soll, wie man im Netz seriöse Informationen findet und Fake News erkennt. Faktisch bedeutet das, dass wir neunzig Minuten lang durch das Internet surfen, auf Y8.com rumhängen, chatten oder Youtube gucken, wobei man dabei natürlich nicht vergessen darf, den Ton auszuklicken.

Zum Glück ist unser Medienkundelehrer unser Klassenlehrer, Herr Linne. Der unterrichtet uns bereits in Biologie und hat nun in den Weihnachtsferien eine Fortbildung über neue Medien absolvieren müssen. Jetzt hat er ungefähr so viel Ahnung von Computern wie meine kleine Schwester Antonia. Er brauchte eine ganze Schulstunde dafür, seinen Videochat einzurichten. Dann stellt er uns Aufgaben, die er selbst nicht lösen kann, zum Beispiel:

»Wie schnell müsste der Weihnachtsmann sein, um alle Geschenke pünktlich am Weihnachtsabend zu verteilen?«

»Ist ein Virus ein Lebewesen?«

»Woran erkennt man eine seriöse Quelle?«

Dann sitzt er vor seinem Bildschirm und brütet über Suchmaschinen und stolpert über immer neue Links, während wir warten und Tetris spielen.

Mein Verhältnis zu Linne hat sich, seitdem wir Medienkunde haben, merklich gebessert. Im Gegensatz zu Claras Verhältnis zu ihm. Sie, die alles über Tiere weiß, sich für die Natur interessiert und für Greenpeace ihr halbes Taschengeld spendet, ist geradezu aufmüpfig und von einer Streberin in Bio zu einem totalen Nervbolzen in der Schule geworden. Clara sagt immer hundertprozentig das Gegenteil von dem, was erwartet wird. Selbst bei allgemein bekannten Tatsachen widerspricht sie. Als Linne zum Beispiel sagte, dass der Mensch vom Affen abstammt, war Clara prompt anderer Meinung.

»Der Mensch und der Affe haben die gleichen Vorfahren«, sagte sie.

»Ja, das habe ich doch eben gesagt«, rechtfertigte sich Linne.

»Nein. Sie haben gesagt, dass der Mensch vom Affen abstammt«, beharrte Clara.

»Das ist doch dasselbe«, versuchte Linne seinen Faden wieder aufzunehmen.

»Nein, ist es nicht. Es klingt so, als ob der Mensch

etwas Besseres ist als ein Affe. Eine höhere Stufe der Entwicklung. Tatsächlich stehen Affen und Menschen gleichwertig nebeneinander.«

Es war schon klar, worauf Clara hinauswollte. Wenn Affen und Menschen auf einer Ebene stehen, dann darf es keine Tierversuche geben, keine Zoos, keinen Zirkus, keine Delikatessen mit Affenhirn. Linne versuchte einzulenken. Aber Clara ließ nicht locker. Und er hatte ja auch selbst Schuld. Was ließ er sie auch zu Wort kommen! Den Rest der Stunde nutzte Clara für ihre grüne Propaganda. Seitdem vermeidet Linne den Kontakt mit Clara. Ich hingegen bin viel zu gutmütig und hilfsbereit, und deshalb ruft er mich immer wieder auf.

Doch je weiter Linne nun zum Herzen des Internets vordringt, desto zerstreuter wird er. Und eines der ersten Dinge, die er vergessen hat, sind seine Schüler. Er lässt mich wieder in Ruhe. Unser Verhältnis ist eigentlich schon wieder recht normal.

2

Die Homepage von horus-spiel.com lädt. Ich wische mir den Schweiß aus den Augen. Ein monitorgroßer Falkenkopf starrt Lasse und mich an. Er hat nur ein Auge, das andere Auge ist ein weißer Fleck. Es ist dieser Falke, der dem Anbieter seinen Namen gegeben hat. Horus heißt ein Gott aus dem alten Ägypten, der einen Falkenkopf hat und dessen Flügel den Himmel überspannen. In dem Computerspiel, das horus-spiel.com entwickelt hat, geht es um diesen Falkengott. Nach einer ägyptischen Sage versinnbildlichen seine Augen Sonne und Mond. Durch Horus kommt das Licht auf die Welt. Er steht im ständigen Kampf mit dem Gott der Finsternis, der Seth heißt und dessen Gestalt keinem Tier gleicht. Seth hat eine lange, gebogene Nase und einen flachen Hinterkopf, als ob er da zu oft draufgefallen wäre. Und er ist der Feind, den

Lasse und ich bekämpfen müssen, um Horus zu verteidigen. Jeder von uns hat einen Kämpfer, der gegen einen Haufen teuflischer Kobolde bestehen muss, um Horus vor Gefahren zu beschützen und die Welt vor der totalen Finsternis zu bewahren. Lasses Kämpfer trägt einen Kaftan, einen Turban und einen Krummsäbel und heißt Sultan al-Kamil. Er ist ein guter Freund von meinem Kämpfer – und das ist der deutsche Kaiser Friedrich II., der Staufer. Er ist ein Ritter mit zugeklapptem Visier, Kettenhemd und Schwert. Damit haben die Horus-Spielemacher sozusagen den Vogel abgeschossen. Denn der deutsche Kaiser Friedrich II. und der Sultan kannten sich tatsächlich und waren Freunde. Der Sultan wohnte meistens in Ägypten, und Friedrich II. hat sich sehr für Falken und Falkenjagd interessiert. Insofern passt alles zusammen: Ein altägyptischer Falkengott, ein ägyptischer Sultan und ein deutscher Kaiser retten die Welt vor dem Bösen.

Je länger das Spiel dauert, desto härter und schwieriger werden die Abenteuer, die wir zu bestehen haben. Und durch immer neue Komponenten, die man aus dem Internet herunterladen kann, entwickelt sich das Spiel immer anders. Chatten hin, Youtube her, ob das Internet die Welt besser macht oder die

Menschen näher zusammenrücken lässt, weiß ich nicht. Aber solange es Spiele wie *Seths letztes Gefecht* gibt, in denen Ritter durch unterirdische Tunnel schleichen, sich durch ägyptische Wüsten robben oder im Nahkampf Mann gegen Mann die Handlanger des Teufels Seth überwinden, ist die Welt durch Computer auf jeden Fall spannender geworden.

Lasse klickt schnell das Icon an, das zu den neuen Updates führt. Die Startseite der Homepage kennen wir schon auswendig. Dort ist der Mythos, der sich um den Gott Horus rankt, wiedergegeben. Demnach hat Seth dem Falkengott Horus im Kampf eines seiner Augen gestohlen – das Auge, das den Mond darstellt. Man könnte jetzt glauben, wenn Horus sein Mondauge verloren hat, dann ist die Sache durch, und das Spiel ist aus. Es gibt keinen Mond mehr, nur noch finstere Nacht. Friedrich und der Sultan haben versagt. Aber die Sage geht jetzt erst los. Seth muss das Mondauge zurückgeben. Doch das Auge ist nun verletzlich, und es wird ständig weiter darum gerungen. Die abnehmenden und zunehmenden Mondphasen stehen für den Kampf mit der Dunkelheit. Mal siegt die eine, mal die andere Seite. Und das bedeutet, solange der Mond abnimmt und wächst, so lange dauert Lasses und mein Kampf.

3

Wir waren zu langsam. Gerade als wir uns zu den neuen Updates vorgeklickt hatten, schlug es zum Ende der Stunde. Linne schloss sein New Yorker Telefonbuch, ohne zu wissen, wie viele Horowitze es gibt, und entließ uns in den brütenden Tag. Hinter Lasse rutsche ich das Treppengeländer zum Fahrradkeller hinunter. Während wir unsere Räder aufschließen, verabreden wir uns wie üblich zum Computerspielen. Seitdem Lasse so einen richtigen Gaming-Computer hat, fahre ich jeden Abend zu ihm ins Neubaugebiet, und Friedrich und der Sultan schlagen sich durch die Kohorten der Kobolde. Das geht jetzt schon zwei Wochen so, genauso lange, wie diese Hitze alles um uns herum in eine afrikanische Wüste verwandelt. Genau aus diesem Grund müssen wir uns auch immer abends treffen. Lasses Zimmer ist ein Dachzimmer, das außerdem noch nach Süden rausgeht, und erst wenn die Sonne sich hinter dem Nachbarhaus verkrümelt hat, ist es von einer halbwegs erträglichen Temperatur.

Vor dem Fahrradkeller versucht die Sonne, den Asphalt zu verbrutzeln. Ich blinzle in das grelle Licht.

»Horus ist gut drauf«, sagt Lasse und nickt gen Himmel.

»Aber nur noch wenige Stunden. Wenn es Nacht wird, wird es verdammt ernst«, gebe ich zurück. Lasse grinst.

»Allerdings sind die Nächte ein wenig kurz«, füge ich hinzu. Und tatsächlich sind wir seit zwei Wochen nie über die vierte Stufe des Kampfes mit Seth hinausgelangt. Dann war die Zeit auch schon um, und ich musste nach Hause. Wir haben aber einen Plan ausgeheckt. In den Pfingstferien wollen wir das Spiel bis zum bitteren Ende durchziehen.

Dieses Jahr wurden die drei beweglichen Ferientage direkt vor Pfingsten gelegt. Sie reichen fast an meinen Geburtstag ran. Nur zwei Tage Schule liegen dazwischen. In den Pfingstferien haben wir also jede Menge Zeit, Seth endgültig das Licht auszuknipsen bzw. anzustecken, um genau zu sein.

Wir schwingen uns auf die Räder. Seitdem wir mit

dem Spiel begonnen haben, stelle ich mir manchmal vor, mein Fahrrad ist ein Pferd. Ich streiche mit der flachen Hand den Lenker entlang, als würde ich einem Schlachtross den Hals tätscheln.

»Morgen …«, sagt Lasse verschwörerisch.

Ich blicke fragend von meinem Pferd auf.

»Was ist morgen?«

»Da habe ich sturmfreie Bude. Mein Vater ist dann auf einem Seminar, und meine Mutter begleitet ihn.«

Mir ist sofort klar, was Lasse damit sagen will. Eine Nacht ohne Eltern – das könnte früher als erwartet zum entscheidenden Schlag gegen Seth führen.

»Cool, Mann. Das ist ja besser als Pfingsten!« Ich schlage in seine ausgestreckte Hand ein.

»Dann schaffe ich es vielleicht noch im alten Lebensjahr, Seth zu erledigen«, sage ich.

Es bricht eine gute Zeit an: Computersession, Wochenende, und Montag habe ich Geburtstag.

»Glaubst du, deine Eltern lassen dich bei mir übernachten?«, will Lasse wissen.

»Klar, logo«, sage ich. Aber eigentlich bin ich mir sicher, dass meine Eltern nicht damit einverstanden sind, dass ich bei Lasse schlafe, wenn wir dort alleine sind.

Bei der Eisdiele an der Kreuzung warte ich noch,

bis die Ampel für Lasse grün wird. Gerade will ich ihn fragen, ob es nicht schlauer ist, sich eine andere Geschichte für unsere Eltern auszudenken, da sehe ich, wie Lasses Gesicht in Panik erstarrt. »Scheiße!«, presst er zwischen seinen Lippen hindurch.

»Was denn?«, frage ich.

»Luisa!«, zischt er. Luisa ist ein Mädchen aus unserer Klasse. Eine, um die man sich keine Gedanken machen muss. Über Clara kann man sich immerhin freuen oder ärgern. Aber Luisa ist irgendwie noch nicht einmal dazu gut.

»Na und?«, gebe ich achselzuckend zurück.

»Na und? Mann, die ist doch in das Haus neben uns gezogen. Ich musste heute Morgen noch drei Scheiben Toastbrot mehr essen, damit ich nicht mit ihr zur Schule fahren muss. Was meinst du, wie lange die vor unserem Haus rumgetrödelt hat, um mich abzufangen.« Lasse ist rot im Gesicht geworden. Dass Luisa jetzt neben ihm wohnt, habe ich gar nicht gewusst. Ich überlege, ob ich ihn zum Abschied noch vergackeiern soll, etwa: »Ist doch praktisch, dann musst du sie später nicht nach Hause bringen«, aber da prescht Lasse auf einmal los. Mitten bei Rot über die Ampel. Ein BMW hält mit quietschenden Reifen. Eine Frau, die aus der Eisdiele kommt, schüttelt den

Kopf. Aber Lasse hat es überlebt. Er grüßt mit der Hand zum Abschied, und dann gebe auch ich meinem Pferd die Sporen und rase durch die flirrende Luft.

Ich überlege, ob ich meinen Eltern gar nicht sagen soll, dass Lasses Eltern nicht da sind. Das würde einiges erleichtern. Ich keuche, weil ich so schnell fahre. Dennoch ist die Luft um mich herum wärmer als die, die ich ausatme. Ich stelle mir vor, mit meinem Pferd entlang der Pyramiden zu reiten. Ich bin Friedrich II., der nicht nur in unserem Computerspiel in Ägypten ist, sondern ja auch tatsächlich da war. Er hat einen Kreuzzug gemacht, bei dem hat er sich mit dem Sultan angefreundet, den er eigentlich bekriegen sollte. Es gibt sogar die Legende, dass Friedrich Jahre später seinen Tod nur vorgespielt hat, um sich wieder nach Ägypten abzusetzen. Das wäre ziemlich clever von ihm gewesen, denn das Leben in Deutschland war für Kaiser damals ein tierisches Generve. Es gab seit zweihundert Jahren Kriege um Jerusalem, die alle nichts gebracht hatten, außer Unmengen von toten Rittern und Muslimen. Friedrich aber hat sich mit dem Sultan von Ägypten zusammengesetzt und gesagt: »Hör zu, Mann, das mit dem Krieg ist doch völlig bescheuert. Wie wär's, wenn wir euch nicht mehr angreifen, und ihr lasst uns in Ruhe nach

Jerusalem, um dort zu beten.« Und genauso wurde es gemacht. Friedrich wurde sogar zum König von Jerusalem gekrönt. Der Papst, der die Kreuzzüge angeleiert hatte, war natürlich total sauer, dass nun alles vorbei war – und hat dauernd versucht, Friedrich Scherereien zu machen. Der hat dann auch schnell die Schnauze voll gehabt und ist immer länger in Jerusalem geblieben und mit dem Sultan durch Ägypten gereist. Die beiden wurden echte Freunde, und der Sultan hat ihm schließlich einen seiner wertvollsten Falken geschenkt. Über den hat Friedrich dann ein Buch geschrieben. Es war schon ein Unding, dass ein Kaiser sich gut mit den Feinden des Christentums versteht, aber ein Ritter, der ein Buch schreiben konnte, brachte das Fass erst recht zum Überlaufen. Und Friedrich war echt sauer auf all die Spießer und Besserwisser. Irgendwann ist er dann einfach gestorben, vielleicht aber auch abgetaucht. Denn die Leiche wurde angeblich nie gefunden. Und auch sein Falke war verschwunden. Aber wo sollte er schon hin sein, wenn nicht nach Ägypten zu seinem Sultan-Kumpel. Aber das konnten die Deutschen natürlich nicht zugeben. Deshalb haben sie sich vorgestellt, dass Friedrich in einem Berg, dem Kyffhäuser, lebt und eines Tages wieder zurückkehrt, um sein Kaiserreich zu neuem Glanz zu führen. Raben sollen anzeigen, wenn es so weit ist. Bis heute hat er sich aber noch nicht blicken lassen. Dabei, schätze ich, gibt es dort Raben ohne Ende.

4

Kurz bevor ich in unsere Straße einbiege, höre ich ein Geräusch hinter mir. Ich drehe mich um und falle fast aus dem Sattel. Da fährt mit lang ausgreifenden Schritten auf ihrem Skateboard: Clara. Mit dem Ding ist sie fast genauso schnell gewesen wie ich. Das ist an und für sich ja schon beunruhigend genug. Aber was mich wirklich durcheinanderbringt, ist, dass dies nicht Claras Heimweg ist. Sie muss nur meinetwegen hier entlangfahren. Auf dem Rücken trägt sie einen knallgelben Rucksack. Ich bremse mit einem Fuß auf dem Bürgersteig und warte auf sie.

Im März mussten wir zusammen ein Referat halten. Und überraschenderweise kann man ganz gut mit Clara arbeiten. Sie will zwar immer bestimmen, wo es langgeht, aber das ist kein Problem für mich. Jedenfalls nicht bei Sachen mit der Schule. Und weil das mit dem Referat gut geklappt hat, haben wir auch zusammen für eine Englischarbeit gelernt. Ich hab 'ne Zwei geschrieben, und danach dachte ich, Clara bringt mir Glück. Wir haben auch für Bio zusammen gepaukt. Wir mussten Pflanzen bestimmen und Eichenblätter von Buchenblättern unterscheiden, Roggen von Gerste und so was. Clara wusste gleich zu jedem Getreide ein Brotrezept. Aber mir hat das nicht geholfen. Für mich sahen alle diese Halme ähnlich aus.

Es waren die ersten warmen Frühlingstage. Wir waren mit den Fahrrädern unterwegs und kurvten kilometerlang durch Feldwege. Zwischendurch hielt Clara immer wieder an und zeigte mir irgendein Kraut. Aber ich hab immer nur auf den durchsichtigen Himmel geschaut und auf die leise raschelnden Felder. Und irgendwann hab ich vorgeschlagen, ins Schwimmbad zu fahren. Clara hat den Kopf geschüttelt und gelacht: »Bei dem Wetter? In eine Betonhalle?«

Ich konnte sie dann wenigstens zu einem Picknick am Reitstetter See überreden. Ich hatte ein Snickers mit und Clara ein Käsebrötchen. Wir haben halbehalbe gemacht. Und komischerweise hat mir ihr Käsebrötchen fast besser geschmeckt. Das habe ich ihr aber natürlich nicht gesagt. Stattdessen habe ich mir Turnschuhe und Socken ausgezogen und mal einen Zeh in den See gesteckt. Das Wasser war lausig kalt.

»Schade«, hab ich gesagt. Und Clara hat entgegnet: »Wir können ja wiederkommen, wenn es warm ist.«

Ich hab genickt.

»Zum Beispiel könnten wir an unserem Geburtstag eine Radtour hierher machen.«

Clara hat nämlich am selben Tag Geburtstag wie ich, was eigentlich nichts heißt, aber doch irgendwie nicht ganz egal ist.

Ich weiß nicht, ob ich das damals eine gute Idee fand oder ob ich nur zugestimmt hab, um keinen Streit vom Zaun zu brechen. Und jetzt weiß ich nicht genau, ob Clara sich daran erinnert oder ob sie sauer auf mich ist oder alles beides.

Die Bioklausur war im April, und sie ist ziemlich in die Hose gegangen. Dass Clara mir Glück bringt, muss ich mir eingebildet haben. Und dann tauchten immer andere Verpflichtungen auf, nicht zuletzt das Horus-Spiel, und ich habe Clara nicht mehr getroffen. Ich ging davon aus, dass sich die Sache mit dem Geburtstag erledigt hätte.

Jetzt hat Clara mich erreicht. Ihre Wimpern sind durch den Schweiß zu langen Spitzen zusammengeklebt, ein Tropfen läuft die Brillengläser herunter.

»Hi«, sage ich und versuche, es möglichst unbefangen klingen zu lassen.

»Hallo, Jan. Gut, dass ich dich noch erwischt habe.« Besonders sauer klingt Clara nicht. Sie pustet sich eine Haarsträhne aus der Stirn.

Wenn ich wüsste, was mich erwartet, ginge es mir besser.

Clara fingert in ihren Hosentaschen herum. Sie trägt eine alte Armeehose, die abgeschnitten und schwarz gefärbt wurde. Sie ist Clara viel zu groß und schlägt unter dem breiten Gürtel Falten, aber sie hat große Taschen.

»Ich hab was für dich«, sagt sie und zieht einen Brief aus der Oberschenkeltasche, den sie mir in die Hand drückt.

»Was ist das?«, frage ich.

Aber da wendet sie schon auf dem Absatz mit einer halben Drehung.

»Ich muss jetzt weiter. Zum Hip-Hop!«, ruft sie über die Schulter. Ich bleibe etwas verdattert auf der Straße zurück. Der Brief ist zunächst ein ganz normaler Umschlag. Darauf steht in der sehr aufrechten

Handschrift Claras mein Name. Claras Schrift kenne ich natürlich. Als wir zusammen für die Englischklausur gebüffelt haben, habe ich oft genug in ihr Grammatikheft geschaut. Da hat alles seinen Platz, da sind die Verben grün unterstrichen und die Nomen rot. Bei mir dagegen – Kraut und Rüben. Also lernten wir immer nach ihren Aufzeichnungen. Und außerdem hätte ich wohl nie eine Zwei geschrieben, wenn ich nicht auch während der Klausur Gelegenheit gehabt hätte, einen Blick auf Claras Handschrift zu werfen. Sie hat das Heft extra ein wenig schräg gehalten, damit ich gut draufschauen konnte. Das muss man ihr lassen. Sie ist zwar zickig, aber ein echter Kumpel. Nur meinen Namen habe ich in ihrer Handschrift noch nie gesehen. Es ist seltsam, etwas so Vertrautes wie einen Namen in einer fremden Schrift zu sehen. Jedenfalls in Claras. Es ist fast so, als würde sie ihn aussprechen. Ich weiß nicht, ob es an dem schnellen Fahrradsprint von vorhin liegt, aber mein Herz schlägt ein bisschen schneller, als ich den Brief umdrehe, um ihn aufzureißen.

»Na, mein Großer, wie war's denn in der Schule?«, höre ich in dem Moment eine Stimme hinter der Hecke unseres Gartens. Ich blicke auf. Die Stimme gehört meinem Vater, aber ich sehe ihn nicht gleich.

Stattdessen stopfe ich den Brief in meine Gesäßtasche.

»Hier«, sagt mein Vater, als er mein suchendes Gesicht sieht. Er grinst zwischen zwei Buchsbaumzweigen durch, die er auseinanderhält.

»Was machst du denn da?«, will ich wissen und frage mich, wie lange er da schon gesessen hat und ob er mein Gespräch mit Clara belauscht hat. Mein Vater ist ein schlauer Hund. Im Gegensatz zu meiner Mutter würde er nie etwas direkt sagen, aber er kriegt die meisten Sachen ziemlich schnell mit. Auch im Gegensatz zu meiner Mutter. Und seit er zu Hause arbeitet, ist es noch schlimmer. Speziell bei Clara muss ich aufpassen, damit er nicht gleich auf eine Liebesgeschichte oder so was schließt.

»Unkraut ausreißen«, sagt er und lässt sich nicht anmerken, ob er mich und Clara gesehen hat oder nicht.

»Schule war okay«, sage ich und spiele sein Pokerspiel mit. »Alles cool.«

Er nickt. Dann winkt er mir mit seinen erdverschmierten Händen zu und sagt: »Mittagessen.«

Beim Essen erwähne ich nicht, dass Lasses Eltern am Wochenende nicht da sind. Ich sage allerdings auch nichts davon, dass ich von Samstag auf Sonntag bei ihm schlafen will. Ich denke an Claras Brief, ärgere mich, dass ich ihn noch nicht gelesen habe, stopfe Eierkuchen in mich hinein und versuche, nicht in Antonias freches Apfelmusgesicht zu schauen. Dabei kriege ich einen Bissen in den falschen Hals, würge und ersticke fast an dem heißen Fladen.

»Schling nicht so, Jan«, sagt meine Mutter.

»Das kommt davon, weil er immer alles gleichzeitig macht«, kommentiert meine kleine Schwester unverschämt.

Ich schlucke den weichen Teig hinunter. »Iss lieber selbst, damit du wenigstens noch fünf Zentimeter wächst«, fauche ich zurück.

»Wenn man redet und isst, kriegt man Eierkuchen in die Lunge.«

»Ich hab nicht geredet, ich habe geatmet«. Ich werde langsam böse.

»Jan, bitte«, mischt sich meine Mutter ein. Da erkenne ich eine Chance, Antonia aus dem Feld zu schlagen.

»Aber es schmeckt so lecker«, sage ich und weiß, dass ich gegen die kleine Hexe gewonnen habe. Wenn ich meine Mutter als Köchin lobe, wird sie immer ganz stolz und lässt mich in Ruhe. Denn die Wahrheit ist, dass sich die meisten ihrer Gerichte ähneln und nach nichts schmecken. Ständig probiert sie neue salzlose Rezepte, backt Butterkuchen ohne Butter oder kocht nur vegetarisch. Die Eierkuchen sind ohne Zucker. Aber den streue ich mir selbst darüber. So schmecken sie wirklich ganz okay. Meine Mutter lächelt und häuft mir noch eine Ladung auf. Das Teil ist von unten angebrannt. Ich kippe alle braunen Stellen mit Zucker zu und stopfe es in mich hinein. Je schneller ich esse, desto schneller kann ich Claras Brief lesen.

»Von Zucker wird man fett«, weiß Antonia.

»Von Apfelmus wird man weich in der Birne«, murmle ich mit vollem Mund zurück und fange mir prompt ein Kopfschütteln meines Vaters ein. Aber ich weiß, dass er hinter seinen vollen Backen auch grinst.

»Die Eierkuchen sind wirklich ein Gedicht«, sagt mein Vater, um die Lage zu entschärfen.

In Gedanken klatsche ich ihn ab und freue mich darüber, dass er die gleiche Taktik fährt wie ich.

Nach dem Essen habe ich es ziemlich eilig, in mein Zimmer zu kommen. Ich hole Claras Brief raus und öffne den Umschlag mit dem Daumen. Zunächst bin ich enttäuscht. Es ist ein Rundschreiben eines der Naturschutzbünde, in denen Clara Mitglied ist. Er ist an Clara adressiert, aber auch wiederum nicht speziell an sie gerichtet, geschweige denn an mich. Es ist eine Einladung zu einem Informationsabend im Naturkundemuseum. Und der ist ausgerechnet morgen, in der Nacht des großen Kampfes. Misstrauisch starre ich den Brief an. Wenn Clara will, dass ich mit ihr zu einem Vortrag gehe, dann hätte sie mir das aber auch früher sagen können. Ich schlage die Broschüre auf, die dem Brief beiliegt.

Die Seiten sind mit einem Vogelkopf unterlegt, der dem Logo auf der horus-spiel.com-Homepage nicht unähnlich ist. Es ist tatsächlich ein Falkenkopf. Er zeigt den Vogel im Profil, den kurzen, kräftigen Schnabel, das große Auge, den so wissend aussehenden Kopf mit den nach hinten gestrichenen Federn.

In dem Heft steht, dass in Deutschland ein Falke entdeckt wurde, der zu einer bisher völlig unbekannten Art gehört. Dieses Tier hat einen großen Wert für Trophäenjäger und Sammler. Der Naturschutzbund hat deshalb ein Schutzprogramm entwickelt, für das noch Freiwillige gesucht werden. Jeweils für eine Woche soll man in der Nähe des Falken leben und das Tier beobachten, genauer gesagt, auf den Falken aufpassen. Ich lasse den Brief sinken.

Auf einmal habe ich doch das Gefühl, dass er an mich persönlich adressiert ist.

5

Ich radle durch den ausklingenden Tag. Die Sonne steht schräg gegen mich, der Mond hängt bleich am noch hellblauen Himmel. Meine Gedanken kreisen um Horus' Kampf gegen die Mächte der Finsternis. Wie Friedrich II. reite ich durch die ägyptische Nacht. Ich schaue auf den Jagdfalken, der auf meiner Faust sitzt. Sein Kopf ist mit einer Kappe bedeckt, sodass er blind ist für die Abenteuer, die noch vor ihm liegen.

Als ich das Neubaugebiet passiere und mich Lasses Haus nähere, mustere ich das weiße Gebäude, in dem nun Luisa wohnt. Wie ein Blitz durchfährt mich der Gedanke, wie es wohl wäre, Clara zur Nachbarin zu haben.

Ich lehne mein Fahrrad an den Carport von Lasses Eltern und klingle. Zwei Augenblicke später ruft mir

Lasse aus dem offenen Badezimmerfenster zu, dass er gleich kommt. Und als er einen Moment später die Tür öffnet, frage ich ihn unvermittelt: »Na, wie geht's ihr?«

Er blickt mich finster an.

»Wem?«, will er wissen und weiß genau, wovon ich rede.

»Deiner neuen Nachbarin«, sage ich grinsend. »Hast du eigentlich Angst vor ihr, so wie du abgehauen bist? Was hat sie dir denn getan?«

»Willst du schon wieder gehen?«, fragt mich Lasse und macht Anstalten, mir die Tür vor der Nase zuzudrücken.

Schnell schiebe ich einen Fuß in den Spalt.

»Hey, alles cool«, sage ich. Aber ich bin mir nicht sicher, ob Lasse die Entschuldigung annimmt.

Endlich in seiner Sauna unter dem Dach, mit Cola und Chips vor dem Monitor, rufen wir die Seite von horus-spiel.com auf. Eine Werbeanzeige tickert über den Bildschirm: »Power Beads, Amulette, Talismane«, unterlegt mit eigentümlichen Kreuzen und Totenköpfen. Und was macht Lasse, der Idiot? Er klickt die Leiste an. Als hätten wir jede Menge Zeit. Ich glaube, er tut es, um mich zu ärgern. Die Anzeige führt uns zu einem Onlineverkauf von allem möglichen Hokuspokus: Wunderkugeln, Glücksbringern, Geruchsstoffen, die böse Geister fernhalten, darunter auch ein Horus-Kopf, den ich zwar gern hätte, aber wir verlieren nur wertvolle Zeit im Krieg gegen Seth. Und außerdem hätten wir das unnütze Herumdaddeln auch während der Medienstunde hinter uns bringen können.

»Los, wir sind nicht zum Spaß hier!«, sage ich, und Lasse lässt den Aberglaubenplunder endlich vom Bildschirm verschwinden.

Danach versuchen wir durch einen Trick, die vertändelte Zeit wieder aufzuholen. Auf einer Nebenleiste, die die unterschiedlichen Figuren des Spiels vorstellt, entdecken wir einen Wächter mit einer Streitaxt, der erstmals in Stufe fünf aufgerufen wird. Wir klicken ihn an, um zu versuchen, gleich auf Stufe fünf anzufangen. Aber das misslingt. Dennoch geben wir uns nicht geschlagen und probieren noch eine Weile, das Computerspiel zu überlisten. Als wir schließlich zermürbt erkennen, dass es so nichts wird, beginnen wir lustlos den Kampf nach den vorgegebenen Regeln. Wir schaffen es gerade bis zur zweiten Stufe.

Als ich unter den gelben Lichtkegelbögen der Laternen nach Hause fahre, macht es keinen Spaß, sich vorzustellen, dass ich Friedrich II. bin. Ich denke an Clara. Warum zum Kuckuck hat sie mir diese Einladung gegeben?

6

Ich trödle. Es zieht mich nicht gerade in die Schule. Ich weiß auch nicht, wieso mir dauernd so was passiert, dass ich gleichzeitig zwei Verabredungen zum selben Zeitpunkt habe. Wahrscheinlich bin ich einfach zu gutmütig und kann keinem etwas abschlagen. Das Dumme ist, dass ich Lasse nicht absagen will und Clara nicht absagen kann, weil es mir peinlich ist, dass mir ein Computerspiel wichtiger ist, noch dazu eines, in dem es eigentlich nur darum geht, andere Ritter einen Kopf kürzer zu machen.

Durch meine Bummelei komme ich als Letzter in die Klasse. Alles brüllt durcheinander. Ich lege mein Handy in das dafür vorgesehene Fach neben all die anderen und boxe mich zu Lasse durch. Da stellt sich mir Clara in den Weg. Sie hat ihr Skateboard unter dem Arm und lächelt mich an. »Hey, Jan.«

Dass sie mich jetzt vor der ganzen Klasse anspricht, ist mir absolut unangenehm. Clara scheint das völlig egal zu sein.

»Hast du meinen Brief …?«, fragt sie.

Ich blicke sofort zu Lasse und sehe an seinem Gesicht, dass er gleich einen dummen Spruch machen wird. Meinen Brief! Ist Clara denn wahnsinnig? Jetzt müssen alle denken, sie schreibt mir Liebesbriefe! Schnell schiebe ich mich an Clara vorbei und brumme etwas, das »Jetzt nicht, nachher« heißen könnte, genauso gut aber auch »Lass mich in Ruhe«. Ich weiß nicht, ob Clara verstanden hat, dass wir uns besser unbeobachtet unterhalten sollten. Ganz genau verstehe ich es selbst nicht. Es ist ja auch nicht so, dass ich Clara komplett doof finde. Nur ist die Sache halt ziemlich kompliziert. Jedenfalls setzt sie sich auf ihren Platz und blickt nicht mehr zu mir herüber.

In der kleinen Pause gehe ich aufs Klo, aber nur, damit Clara mich auf dem Gang ansprechen kann. Wenn sie schlau ist, versteht sie das. Aber es klingelt zur nächsten Stunde, und Clara hat den Klassenraum nicht verlassen. Ich warte bis zur letzten Minute auf dem Gang und betrete die Klasse gemeinsam mit Franke, unserem Erdkundelehrer. Ihm macht sein Unterricht genauso wenig Spaß wie uns. Frankes einzige Angst ist es, dass er etwas sagt, was Clara gegen ihn aufbringt. Dann hat er sie am Hals und muss sich auf eine endlose Diskussion einstellen. Um kein Risiko einzugehen, schauen wir uns einen Film an. Franke macht das Licht aus, und sofort fängt das Getuschel an. Wie im Reflex reißt Lasse eine Seite aus seinem Erdkundeheft, knüllt sie zu einem Ball und schmeißt sie in Richtung Franke. Brotdosen klappern, und irgendwo in der letzten Reihe wird eine Coladose geöffnet. Kinostimmung. Es ist der Film *Alltag in Tokio* mit Familie Osaka, die immer auf dem Fußboden isst. Diesen Film haben wir schon mindestens viermal gesehen, zweimal davon allein in diesem Schuljahr. Offensichtlich schläft Franke dabei ein und glaubt nach dem Aufwachen, dass er nur geträumt hat, wie Herr Osaka sich mit allen Werksangehörigen in einem Mischmasch aus Andacht und Frühsport die Lunge aus dem Leib gesungen hat, bevor er anfängt, einen Toyota zusammenzuschrauben. Aus Langeweile fange ich an, meine Federtasche umzuräumen. Das ist deswegen interessanter, als Herrn Osaka zuzuschauen, weil meine Federtasche zwei Fächer hat. Ein kleines für Bleistift, Füller, Radiergummi und Kugelschreiber. Und ein großes, in dem ein Haufen speckiger Buntstifte liegen, die nie benutzt werden und mehr als Tarnung für meine Spickzettel dienen. Das Erste, was mir zwischen die Finger gerät, ist ein längliches Stück Papier, das ich noch nie gesehen habe. Ich ziehe es heraus und halte es ein wenig schräg, sodass das Licht des Fernsehers darauf fällt. In Claras Handschrift steht dort: »Ich warte nach der Schule im Fahrradkeller.« Schnell zerknülle ich den Brief. Es ist mir unerklärlich, woher Clara von dem Geheimfach in meiner Federtasche weiß. Noch nicht einmal Lasse kennt es. Aber eines ist klar: Wenn ein anderer diesen Brief liest, dann bin ich der Depp des Tages. Aber alles geht gut. Herr Osaka kommt müde nach Hause, seine Frau hat rohen Fisch zubereitet. Das Licht geht wieder an, es klingelt zur großen Pause, und bei dem anschließenden Kicken auf dem Schulhof schieße ich zwei Tore.

7

Obwohl ich zu Fuß zur Schule gekommen bin, nehme ich den Weg durch den Fahrradkeller. Das passiert mir ab und zu, dass ich nach der Schule nicht weiß, ob ich mit oder ohne Rad gekommen bin. Diesmal ist mir von Anfang an klar, dass mein verzweifeltes Rumgesuche, wo mein Fahrrad denn stehen könnte, nie zum Erfolg führen wird. Es dient neben der Tarnung auch dazu, Claras Rad auszumachen und gleichzeitig Lasse oder andere mögliche Beobachter zu entdecken. Da fällt mir ein, dass Clara ja mit ihrem Skateboard gekommen ist. Ich gehe also zum Ausgang – und tatsächlich sehe ich ihre braunen Beine auf dem Board oben an der Auffahrt. Ich gehe zu ihr hoch.

»Du hast geschrieben ›im‹ Fahrradkeller, nicht ›vor‹ dem Fahrradkeller«, sage ich.

Die Sonne bullert nun genau über uns vom Himmel. Im Keller war es angenehm kühl, jetzt schmilzt man nur so weg.

»Gehen wir?«, fragt sie. Und ich muss erst mal überlegen, was die bessere Idee ist, möglichst schnell und ungesehen das Schulgelände zu verlassen oder so zu tun, als hätten wir uns zufällig getroffen und würden noch ein paar Worte wechseln. Aber Clara ist schon losgerollt, und ich muss laufen, um sie einzuholen und auf ihrer Höhe zu bleiben.

»Woher kennst du mein Geheimfach in der Federtasche?«, will ich wissen.

Clara lacht: »Deine Federtasche ist dick wie eine Wurst. Aber es sind nur drei Stifte drin. Dein Geheimfach ist nicht so supergeheim, wie du denkst.«

Ich kratze mich am Kopf. Sie hat recht. Daran habe ich noch gar nicht gedacht. »Und was willst du?«, frage ich sie.

»Kommst du heute Abend?«, fragt sie sofort zurück. Natürlich meint sie den Falkenabend. Ich will einerseits endlich wissen, was es damit auf sich hat, aber andererseits will ich den Kampf mit Seth nicht noch weiter aufschieben.

»Eigentlich hatte ich schon andere Termine.«

»Termine?«, fragt sie zurück. Ihre Stimme klingt spöttisch.

»Ich meine, es kommt etwas plötzlich«, erläutere ich. Auf keinen Fall kann ich Clara sagen, warum ich nicht kann.

»Ja. Stimmt. Weil es ein Notfall ist«, erwidert sie und fügt hinzu: »Ich hab keine Zeit an unserem Geburtstag. Obwohl ich es versprochen habe.«

Der Themenwechsel vom Falken zum Geburtstag kommt zu abrupt, und ich verstehe nur noch Bahnhof.

»Wieso?«, frage ich. »Was hast du versprochen?«

»An unserem Geburtstag mit dir eine Radtour zu machen«, erwidert sie.

Schnell schaue ich mich um, ob das auch niemand gehört hat. Ich bin doch ein Schweinehund des Glücks! Manchmal fällt mir alles in den Schoß. Tagelang manövriere ich mich nach allen Regeln der Kunst in eine Sackgasse, und dann kommt Clara und öffnet mir eine Hintertür.

Als ich mich Clara zuwende, kneift sie die Augen hinter ihrer Brille zusammen. Ich weiß nicht, ob sie mich durchschaut hat.

»Ja, äh, das ist aber schade«, sage ich, und als ich Clara ansehe, dass sie tatsächlich ein schlechtes Gewissen hat, lege ich noch einen drauf. »Ich hatte mich schon auf unseren Ausflug zum See gefreut. Na ja. Aber wenn es ein Notfall ist. Wieso eigentlich?«

»Der Falke«, gibt Clara zurück.

Sie meint ganz offensichtlich den unbekannten Vogel, von dem in ihrer Broschüre die Rede war.

»Ich wollte dich fragen, ob du Lust hast, mit mir eine Woche auf ihn aufzupassen«, sagt sie dann.

Auf einmal habe ich keine Spucke mehr im Mund. Clara will mit mir Ferien machen! Dass sie dabei irgendwelche Viecher vorschiebt, ist ein schlau ausgedachter Trick. Ich hätte es wahrscheinlich genauso gemacht, wenn ich Clara hätte einladen wollen. Es ist irgendwie leichter, eine Geschichte zu haben, die einem einen Vorwand gibt, als direkt mit der Sprache rauszurücken.

»Wieso aufpassen? Muss der denn erst fliegen lernen?«, versuche ich einen Witz zu machen und mir nicht anmerken zu lassen, dass ich geschmeichelt bin. Aber Clara bleibt ernst.

»Es gibt noch immer Falkenjagden wie im Mittelalter. Nicht nur in arabischen Ländern, auch bei uns in Deutschland. Außerdem gibt es einen großen Markt für ausgestopfte Falken. Falken sind begehrte Sammlerobjekte.«

»Wer will denn solche toten Viecher haben? Museen?«, frage ich. Dass es schlecht ist, mit einem gut dressierten Falken auf der Faust durch Ägypten zu reiten, will ich nicht so ohne Weiteres zugeben, immerhin haben die beiden Menschen, die mir gegenwärtig am nächsten sind, Friedrich und der Sultan, das auch getan. Aber tote Falken will ich auch nicht.

Clara schüttelt zornig ihren verschwitzten Kopf.

»Die Nachfrage an Falkentrophäen ist riesig. Und für seltene Vögel werden enorme Preise bezahlt. Die Jagd auf Falken ist natürlich verboten und der Markt ganz geheim, aber es geht um so viel Geld, dass sich kaum ein Jäger von den Strafen abhalten lässt. Es gibt einen regelrechten Schwarzmarkt.«

»Wann denn?« Friedrich II. mit seinen Falken ist in meinem Kopf, groß und gegenwärtig.

»Am Montag. An unserem Geburtstag. Und dann die ganze Woche bis Pfingsten. Sie haben niemanden, der in dieser Zeit freihat«, gibt sie zurück.

Ich beiße mir auf die Lippen. Ich habe mich genau in dieser Zeit mit Lasse zum endgültigen Kampf gegen Seth verabredet. Ich frage mich allmählich, ob den Kampf gegen Seth nicht Clara führt.

»Aber dazwischen sind noch zwei Schultage«, wende ich ein und komme mir wie ein blöder Streber vor.

»Da passiert doch eh nichts«, sagt Clara. Damit

hat sie zwar recht, aber zwei volle Tage zu schwänzen, ist doch etwas heikel.

»Was ist denn?«, fragt Clara, als ich nichts sage.

»Nichts, nichts. Geht's nicht vielleicht ein andermal?«, schlage ich vor.

»Nein. Für die folgenden Wochen gibt es bereits Freiwillige. Ich habe mich schon angemeldet. Entweder kommst du mit, oder ich fahre alleine.«

»Nee, nee. Ich komme mit. Klar«, sage ich, »mal ein bisschen auswildern ist cool«, und könnte mir im selben Augenblick in den Hintern beißen.

»Schön«, sagt Clara. »Ich freue mich, dass du dabei bist.« Ich habe das Gefühl, überall auf der Haut gefriert mein Schweiß.

»Also, ich müsste schon noch meine Eltern fragen«, sage ich schnell, um wenigstens einen Ausweg zu haben. Immerhin kann es ja sein, dass sie mir verbieten, mit Clara auf Falkenwacht zu gehen.

»Ja, das ist klar«, sagt Clara.

8

Beim Mittagessen zögere ich nicht lange. Ich habe mich entschlossen, Clara als Testballon für die Aktion mit Lasse vorzuschieben. Mein Plan ist: Meine Eltern lehnen die Falkenwacht ab und erlauben mir dafür wenigstens die Falkenschlacht mit Lasse. Sozusagen als Trost.

»Clara …«, sage ich zwischen zwei Bissen.

»Ja?«, sagt mein Vater und hebt seine Stimme erwartungsfroh an. Und als ich seinen Tonfall höre, weiß ich, dass mein Plan in die Hose gehen wird. Meine Eltern halten so viel von Clara, dass sie ihr die verrücktesten Ideen nicht abschlagen würden. Für den Fall, dass sie die Sache mit Clara doch erlauben, habe ich keinen anderen Plan entwickelt. Dann muss ich nicht nur Clara versetzen, sondern auch noch meine Eltern ausmanövrieren. Sehenden Auges renne ich in die Falle, die ich mir selbst gestellt habe. Aber ich kann nicht mehr zurück. Ich erzähle von dem Falkenprogramm. Und wie befürchtet, gibt es keinen Einspruch. Mein Vater will gleich nach dem Essen in der Schule anrufen, um mich abzumelden.

»Äh. Nein, warte!«, sage ich schnell.

»Was denn?«, fragt er.

Hastig suche ich nach einer Ausrede.

»Ich muss vorher noch was recherchieren. Kannst du kurz warten?«, sage ich.

»Okay«, brummt er. »Ich muss aber nach dem Essen weiterarbeiten, also mach zu, ja?«

»Ja, ich beeile mich. Übrigens ist heute Abend ein Vorbereitungstreffen. Da würde ich gerne hin«, füge ich hinzu.

»Mit Clara?«, fragt mein Vater.

»Klar«, sage ich fest.

Mein Vater nickt. Für Clara hat er immer Verständnis, während ich mich nicht traue, ihn nach einer Nacht bei Lasse zu fragen. So muss ich Clara leider vorschieben, um den Rücken für Lasse frei zu haben. Auch wenn ich mir gar nicht mehr so sicher bin, dass ich tatsächlich lieber mit ihm vor dem Computer hocken will.

Nach dem Essen gehe ich in mein Zimmer und setze mich vor den Laptop. Natürlich habe ich keinen Plan, was ich eigentlich recherchieren soll. Nochmals auf der horus-spiel.com-Homepage rumzuhängen, dazu habe ich keine große Lust. Beim Rumtrödeln im Netz denke ich zum ersten Mal ernsthaft über Claras Vorschlag nach. Hätte ich die Verabredung mit Lasse nicht, wäre die Vorstellung, eine Woche mit ihr zusammen auf Falkenwacht zu gehen, gar nicht so übel. Ein halber Gedanke streift unseren Geburtstag. Und da fällt mir ein, dass ich noch gar kein Geschenk für Clara habe. Was soll man einem Mädchen wie ihr, die zu allem eine Meinung hat und der nichts so schnell gefällt, schenken? Geld ist mit Sicherheit falsch, auch wenn es am nützlichsten wäre. Sie könnte das spenden oder sich etwas kaufen. Aber Clara würde das bestimmt unpersönlich finden. Kinogutscheine sind nicht originell. McDonald's-Besuche scheiden aus, weil deren Rinder den Regenwald auffressen. Da Clara alles auf seinen Sinn und Zweck hin untersucht, müsste es etwas total Nutzloses sein, gleichzeitig eine Bedeutung haben und idealerweise auch noch ein Geschenk sein, das typisch für mich ist, damit sie sieht, dass es von Herzen kommt. Und das ist das Stichwort!

Ich rufe die horus-spiel.com-Homepage auf und klicke mich zu dem Trödelladen durch, den Lasse gefunden hat. Die geschwungenen Kreuze der Vertreiberfirma erscheinen auf dem Bildschirm. Was wäre besser für Clara geeignet als ein Falkenkopf aus dem alten Ägypten! Man kann die Horusfigur per Nachnahme bestellen. Ich fülle die Bestellmaske aus und schicke sie ab. Die Vertreiberfirma antwortet, dass ich dank ihres digitalen Verteilersystems schon morgen mit einer Lieferung rechnen kann.

Als ich wieder runterkomme, sitzt mein Vater bereits wieder in seinem Zimmer und arbeitet. Damit ist klar, dass er die Abmeldung von der Schule vorerst vergessen hat. Die nächsten paar Stunden wird von meinem Vater keine Gefahr ausgehen. Und morgen ist Samstag.

9

Ich weiß, dass ich einen Fehler mache. Aber das Wort, das man einem Freund gegeben hat, wiegt schwer. Statt zum Naturkundemuseum fahre ich durch den überhitzten Abend zu Lasse. Die Luft schmeckt fade und staubig. Die Blumen, die dieses Jahr zu früh geblüht haben, lassen resigniert die Köpfe hängen. So müssen sich die Kreuzzügler gefühlt haben, wenn sie fernab von ihren Burgen und Schlössern durch die Wüste geschlichen sind. Man denkt, man zieht in ein fantastisches Abenteuer – und dann nur Hitze und das Gelatsche durch heißen Sand.

Lasses Fenster steht offen. Eine Gardine hängt schlaff über das Fensterbrett wie eine müde Fahne auf einer Burgzinne.

Aus dem Fenster ertönt ein lauter, wütender Schrei. Ich schwinge mich aus dem Sattel.

»Hey, alles klar?«, rufe ich.

Lasses Gesicht taucht im Fensterrahmen auf.

»Ein Virus!«, ruft er. »Ein gottverdammter, alter Scheißvirus!« Was das bedeutet, ist mir sofort klar. Unser ganzes Spiel ist im Eimer. Wochen der Aufbauarbeit, der Strategie-Entwicklung, des Vordringens in unbekannte Gefilde und des härtesten Kampfes mit den Teufeln Seths – alles umsonst. Ich laufe zur Haustür und klingle Sturm. Ich höre Lasse die Treppe runterpoltern, er reißt die Tür auf, und wir rennen beide hoch in sein Zimmer.

Der Computer ist an. Die Windows-Startseite ist aufgebaut. Das Icon für unser Computerspiel ist in der Mitte des Bildschirms zentriert. Alles scheint so zu sein, wie es seit zwei Wochen jeden Tag ist. Lasse klickt auf das Symbol. Die Spielseite öffnet sich. Man sieht einen Tempel am Nil, im Hintergrund die Wüstenlandschaft. Und dann fährt ein schwarzer Blitz durch die Szene, das Bild verlöscht, der Computer hört auf zu summen und steht tot vor uns.

»Ist das schon mal passiert?«, frage ich Lasse.

Er wirft mir einen Blick zu, der halb grimmig und halb verzweifelt ist.

»Machst du Witze?«, fragt er mich empört. »Seit einer halbe Stunde geht das so!«

»Wir sollten den Computer mal aus- und wieder anmachen«, schlage ich vor.

»Aber dann gehen alle unsere Daten verloren …«

Ich höre Lasses Stimmbänder schlottern.

»Aber das hier hat doch auch keinen Zweck«, entgegne ich.

Lasse ist schon derart niedergeschmettert, dass er nicht lange widerspricht. Er drückt auf den Powerbutton, und der Computer fährt herunter. Während der Augenblicke, die das dauert, schweigen Lasse und ich. Es ist eine Stimmung wie in einem Pharaonengrab. Lasse ist fix und fertig und bringt deshalb keinen Ton heraus. Aber ich sage aus einem anderen Grund nichts. Mir ist eine Idee gekommen. Und die verschlägt mir fast die Sprache. Ich wundere mich, was ich für eine lange Leitung habe …

Der Computer ist fertig. Wieder erscheint der einäugige Falkenkopf auf dem Bildschirm. Lasse öffnet das Spiel. Das Bild des Tempels am Nil baut sich auf. Aber dann gefriert es mitten in der Aktion, und eine Dialogmaske wird eingeblendet: »Auf der Festplatte befinden sich bereits Komponenten dieses Programms. Sie sind mit einem Virus infiziert. Die Anwendung wird geschlossen.« Dann blitzt es wieder schwarz, und der Computer fällt in sein Koma. Lasse stöhnt auf und schlägt mit der flachen Hand auf seinen Monitor ein. Unter dem Klatschen hört man meine Worte nicht.

»... weil wir versucht haben zu schummeln«, sage ich. Mein neuer Plan gewinnt an Umriss.

»Was ist los?«, fragt Lasse.

»Wir haben versucht, in eine höhere Spielebene zu springen. Dabei haben wir das Spiel infiziert«, sage ich und bin in Gedanken schon auf dem Weg ins Naturkundemuseum.

»Das kann doch nicht sein!«, flucht Lasse.

»Vielleicht ist auch das ein Teil des Spiels. Wer in verbotene Regionen eindringt, der infiziert sich mit tödlichen Viren. Als das Grab des Pharaos Tutenchamun geöffnet wurde, gingen in ganz Kairo die Lichter aus. Und in genau dem Moment starb der Expeditionsleiter, obwohl er Hunderte von Meilen entfernt war«, sage ich. Es soll Lasse trösten.

»Was willst du eigentlich sagen?«, fragt er, nun fast wütend. Und er hat recht. Immerhin ist es nicht mein Computer, und ich hab gut reden.

»Der Fluch des Seth hat unser Spiel zerstört.« Ich lege Lasse eine Hand auf die Schulter.

»Und was jetzt?«, fragt er.

»Ich fahre wieder«, sage ich.

»Und ich?«, will Lasse wissen.

»Hausaufgaben?«, schlage ich vor. Jetzt habe ich es plötzlich eilig. Ich bin schon spät dran. Claras Falken-Abend hat schon begonnen.

10

Wahrscheinlich zählt ein Wort unter Freunden doch nicht so viel. Was für Lasse ein Fluch ist, ist für mich ein Geschenk des Himmels. Sein Computer ist vielleicht unwiederbringlich zerstört, aber ich rase durch den Abend – und auf einmal schmeckt selbst der Staub herzhaft, und der Flieder nickt mir verstohlen zu. Kaum ist ein Falkenspiel zu Ende gegangen, wenn auch ein wenig unfreiwillig, beginnt auch schon das nächste – und es ist noch nicht einmal sicher, dass dieses langweiliger wird. Trophäenjäger, Falkenjäger, ägyptische Mafia – die Feinde, die auf Clara und mich warten, sind gefährlich. Natürlich weiß ich, dass nichts passieren wird, wie nie etwas passiert im wirklichen Leben. Aber es klingt gut und hört sich sogar noch besser an als mein virtueller Kampf um den Falkengott. Als ich dessen Symbol des Falkenkopfes auf Lasses Bildschirm gesehen habe, ist mir erst klar geworden, dass ich durch die blöde Computerspielerei womöglich das richtige Abenteuer verpasse. Höchstwahrscheinlich interessieren Clara all die Rittertaten und Ägyptensagen so wenig, wie ich mich für ihren Artenschutz begeistern kann. Aber es geht ja auch nicht um Tierkunde, sondern um Falkenjagd. Und da muss ich dabei sein!

Vor dem Naturkundemuseum stehen ein paar Fahrräder und zwei Autos mit fremden Nummernschildern. Das eine ist ein Jeep, das andere ein alter VW-Bus. Ich kette mein Rad neben dem von Clara an. Dann gehe ich hinein.

Gleich in der Eingangshalle rennt ein ausgestopftes Nashorn auf mich zu. Poster und Plakate von Sonderausstellungen hängen neben dem Treppenaufgang. Der Stuhl hinter dem Kassentresen ist leer. Auf der Suche nach der Falkenversammlung schaue ich in den sich anschließenden Raum. Es ist die Ausstellung mit heimischen Tieren. Neben Igeln, Iltissen und Eidechsen sind auch noch Bär, Luchs und Elch zu begutachten. Als ob es die in Deutschland noch gäbe. Einem Pfeil folge ich die Treppe hinauf zu den Seminarräumen. Im Obergeschoss taucht ein gelber Dimmer die Tiere Afrikas in ein diffuses Licht. Kurz versuche ich mir vorzustellen, wie es wäre, Seite an Seite mit Zebras, Löwen und Hyänen zu leben, aber dann höre ich Stimmen aus einem Seminarraum und öffne leise die Tür. Er ist leer, nur ein paar Ballonlampen hängen wie abgeschlagene Köpfe von der Decke. Die Stimmen kommen aus einem Nebenraum, der durch Schiebe-Elemente von dem ersten Raum abgetrennt ist. Eines der Schiebe-Elemente hat eine eingelassene Tür. Ich gehe hindurch und kriege von Claras Pferdeschwanz eine gewischt. Sie steht unmittelbar vor mir. Etwa zehn Leute sitzen an Tischen, die wie ein U aufgebaut sind. Zwei stehen vor dem offenen Ende. Es sind alles Erwachsene. Clara dreht mir ihr Sommersprossengesicht zu. Sie ist die einzige Zuhörerin, die steht.

»Pssst!«, faucht sie und zeigt auf einen der Männer vor dem U, der offensichtlich gerade anfangen will, etwas zu sagen. Ehrlich gesagt, hatte ich gehofft, Clara würde sich ein wenig mehr freuen, mich zu sehen. Sie stippt mir mit ihrem Zeigefinger auf den Handrücken, und ich folge ihr zu zwei freien Plätzen an der linken Seite.

Der Mann, der vorne steht, hat einen Anzug an und sieht aus wie ein Politiker. Ich hatte mir Umweltschützer nicht wie die Manager der Deutschen

Bank vorgestellt. Er begrüßt alle sehr herzlich im Namen irgendeiner Umweltschutzorganisation und stellt sich als Organisationsleiter für Deutschland vor. Ich bin enttäuscht. Der Mann strahlt nichts Wildes und Kämpferisches aus. Mit einem solchen Boss kann ich unmöglich gegen Seth kämpfen. Der Politiker redet mit einer leisen und weichen Stimme. Er skizziert die Position seines Verbandes zur Umweltpolitik der Bundes- und Landesregierung. Und obwohl er so aalglatt aussieht, muss ich zugeben, dass alles, was er sagt, gut und richtig klingt. Außerdem redet er nicht sehr lange, was auch schon mal für ihn spricht. Stattdessen stellt er Seberth vor, den Projektleiter für die Falkenwacht.

Seberth steht auf. Er ist nicht groß, aber auf eine sehr kräftige Art schlank. Sein Haar ist kurz geschnitten, er hat einen verwegenen Zweitagebart, trägt Hosen mit Seitentaschen, Treckingschuhe und Armbänder ums Handgelenk. Alles an ihm ist braun gebrannt und muskulös. Seberth ist ein Umweltaktivist, wie man ihn sich vorstellt, ein Kämpfer für Greenpeace, ein Robin Hood. Er hat etwas Wildes an sich. Man sieht ihn und wünscht sich, dass er einen überhaupt beachtet. So ein Typ ist er.

Seberth erzählt in einer sehr tiefen Stimme nun im

Wesentlichen das Gleiche über den Falken, was schon auf dem Faltblatt stand, dann berichtet er, dass das ganze Gebiet unter Begehungsverbot gestellt worden ist. Allerdings erwähnt er die konkrete Gefahr für den Vogel, die Clara so wütend beschworen hat, nicht. Kein Schwarzmarkt und keine Falkenmafia, die die Tiere ausstopft und für ein Vermögen an Sammler verschachert, was mich ein bisschen wundert und ärgerlich macht. Dass Clara mir einen Bären aufgebunden hat, schließe ich aus. Ich habe noch nie erlebt, dass sie übertreibt. Dafür bin ich zuständig. Vielleicht will Seberth uns keine Angst machen, aber da braucht er erst mal keine Sorge zu haben. Ich bin bereit. Um letzte Zweifel zu zerstreuen, dass es auch tatsächlich ein Abenteuer werden könnte, sagt er noch, dass die Wachhabenden unbedingt ihre Handys dabeihaben müssen, damit sie jederzeit Hilfe rufen können.

»Ich konnte nicht früher«, flüstere ich ihr zu. Meine Absicht ist, ein paar Komplimente zu ergattern. Etwa in der Art »Ich weiß ja, dass du viel beschäftigt bist« oder auch »Ich habe nie daran gezweifelt, dass du kommst«. Aber Clara schüttelt nur unwillig den Kopf, dass ihre Brille fast von der Nase hüpft, und deutet dabei auf Seberth, als ob sie alles, was der sagt, zum ersten Mal hört.

In dem Moment tritt ein Mann ein. Er hat glänzendes, schwarzes Haar, das ihm fast bis zum Kinn reicht, und sein Gesicht schimmert bronzen. Wir sind alle braun gebrannt, doch die Gesichtsfarbe dieses Mannes stammt nicht von der Sonne. Sie ist so, wie ich sie noch nie gesehen habe. Es sieht aus, als würde er von innen leuchten. Er steht auf gleicher Höhe mit den beiden Rednern und kann den ganzen Raum überschauen. Sein Blick schweift über die Anwesenden. In dem Augenblick, in dem sein Blick uns streift, wird mir ganz anders zumute. Seine Augen sind durchdringend und schwarz, das Gesicht ist scharf geschnitten, feinzügig und die Nase schmal. Die Wangen liegen wie zwei Schatten unter den weich fallenden Haaren.

Auch Seberth muss den Blick neben sich gefühlt haben, denn er bricht mitten in seiner Erklärung, dass das Tier möglicherweise aus dem Orient hierher eingewandert ist, ab und wendet sich dem Fremden zu.

»Kann ich Ihnen helfen?«, fragt er nach einer kleinen Pause. Falls der Mann einen freien Platz sucht, hat er mindestens zehn zur Auswahl.

Man hört Seberth an, dass er über das späte Kommen verärgert ist. Ein drohendes Brummen liegt in seiner Stimme. Der fremde Mann schüttelt jedoch nur den Kopf und setzt sich auf einen freien Stuhl, ausgerechnet uns gegenüber. Alle im Raum verfolgen gebannt, wie er zum Tisch geht. Seine Bewegungen haben etwas von einer Raubkatze. Erst als er sitzt, sagt er in einem flüssigen, aber merkwürdig klingenden Deutsch: »Darf ich zuhören?«

Seberth zieht die blonden Augenbrauen zusammen und fährt in seiner Rede fort, ohne zu antworten. Er sagt, dass wir die Handys immer regelmäßig aufladen müssen, damit wir die Polizei erreichen können. Aber obwohl es jetzt erstmals um unser konkretes Abenteuer geht, kann ich mich nicht mehr auf das konzentrieren, was er sagt. Immer muss ich zu dem Fremden schauen. Und dann schaut er auf einmal auch auf mich. Für einen langen Moment sehen wir uns an. Dann bin ich es, der wegguckt.

Seberth zeigt unvermittelt in unsere Ecke.

»Die erste Wacht wird Clara übernehmen«, sagt er. »Sie hat sich spontan dazu bereit erklärt. Und das verdient umso größere Dankbarkeit, als Falkenwilderer ja nicht abwarten, bis wir unseren Wachplan ausgearbeitet haben.«

Der Politiker klatscht in seine manikürten Hände. Die anderen applaudieren ebenfalls. Nur der Fremde sitzt am Tisch, und seine schimmernden Hände ruhen gefaltet auf der Tischplatte. Jetzt heftet er seine durchdringenden Augen erneut auf uns.

»Und du musst Jan sein«, fährt Seberth fort, »der Clara helfen will.« Ich nicke. Offensichtlich hat mich Clara sofort fest eingeplant, als ich zugesagt hatte. Und ich frage mich, ob ich mich darüber freuen oder empört sein soll. Jetzt klatschen die anderen für mich. Und somit ist es entschieden.

Nach der Sitzung stehen Seberth, der Politiker, Clara und ich noch eine Weile zusammen. Der Fremde ist nicht mehr da. Allerdings habe ich gar nicht bemerkt, wie er gegangen ist. Seberth erweist sich als freundlicher, aber auch als härter, als ich gedacht habe. Er hat sich an Bäume gekettet und ist auf ein Kernkraftwerk geklettert, um gegen Atomenergie zu protestieren. Ich weiß, dass Clara genauso sein will, und das macht mich fast eifersüchtig auf ihn. Aber Seberth ist offen, er lacht über meine Witze und erzählt mir, dass der VW-Bus, der vor dem Naturkundemuseum steht, unser Wohnwagen sein wird.

»Ich hole euch morgen gegen 15 Uhr ab«, schlägt er vor.

Clara stimmt dem auch in meinem Namen zu.

»Gut, bis dann«, sagt Seberth.

In dem Moment wird mir das Ausmaß der Entscheidung, auf den Falken aufzupassen, klar. Ich werde an meinem Geburtstag nicht zu Hause sein. Wer wird mich dann feiern?

»Warum hast du deinen Leuten schon gesagt, dass ich mitkomme?«, frage ich Clara. Immerhin wusste ich das selbst bis vor einer halben Stunde noch nicht.

Clara grinst.

»Damit du nicht noch im letzten Moment eine Ausrede erfindest«, sagt sie und ahnt nicht, dass sie selbst meine Ausrede war.

11

Vor dem Museum verabschieden wir uns von Seberth, der mit dem Politiker mitfährt und den VW-Bus auf dem Parkplatz stehen lässt.

Nachdem alle Lichter ausgegangen und die Autos weggefahren sind, ist es plötzlich sehr dunkel. Der Mond muss sich erst um den Kirchturm am Marktplatz schieben.

Clara und ich fahren trotzdem noch nicht gleich nach Hause. Ich gehe über den Parkplatz zu dem VW-Bus. Wir wollen uns unser zukünftiges Zuhause anschauen. Clara folgt mir.

Das Ding ist uralt. Seberth hat den Bus zu einer Art Vogelbeobachtungsstation umgebaut. Das Westfalia-Dach ist fest verschraubt und hat rundum eine durchsichtige Plastikwand. Die Fenster sind mit Gardinen verhängt, aber man sieht durch die Hinterscheibe, dass der Wagen eine Pritsche hat, eine kleine Kochnische und sogar eine Hängelampe.

Dass der Bus nur eine Pritsche hat, ist allerdings heikel. Ich hoffe nicht, dass Clara mit mir in einem Bett schlafen will. Dass einer, zur Not auch ich, auf dem Fußboden schlafen kann, ist dabei nicht das Problem. Vielmehr wirft die eine Pritsche eine Reihe von Punkten auf, über die bisher kein Wort verloren wurde: Wie werden Clara und ich uns umziehen, ohne irgendwann nackt voreinanderzustehen? Wer kümmert sich um das Essen? Wo können wir uns waschen?

Auf der gegenüberliegenden Straßenseite scheppert etwas. Zwischen den Häusern bleibt der Hall gefangen und wird von den Mauern hin und her geworfen.

»Was war das?«, fragt Clara. Unwillkürlich ist sie dichter an den VW-Bus getreten, als suche sie Deckung. Ich schaue um den Bus herum.

»Hört sich an wie eine Dose, die über Kopfsteinpflaster rollt«, antworte ich über die Schulter. Dabei ist die entscheidende Frage nicht, was das war, sondern, wer das war. Denn kein Mensch ist auf der Straße zu sehen. Und keine Dose, oder was auch immer, fällt einfach so um. Nun schaut auch Clara um den Bus herum.

»Hallo?«, rufe ich halblaut in die Nacht. Da sehe ich einen Schatten, der sich aus einem Hauseingang löst und über die Straße huscht, um in einem anderen Hauseingang wieder zu verschwinden. Alles geht so schnell, dass ich nicht sicher bin, ob ich mich nicht getäuscht habe. Plötzlich spüre ich eine kalte Hand auf meinem Arm.

»Hast du was gesehen?«, flüstert Clara.

Ich kann nicht gleich antworten, mein Herz ist gerade ein paar Etagen tiefer gerutscht.

»Weiß ich nicht«, raune ich zurück. Und während ich in die Nacht starre, dass mir die Augen wehtun, fällt mir das scharf geschnittene Gesicht des Fremden wieder ein und die Falkenjäger, von denen Clara berichtet hat und die für Geld alles tun würden. Ich bin überzeugt, dass der Mann da draußen steht und uns so anstiert wie vorhin im Museum. Wir richten uns hinter dem Bus auf.

»Ist dein Rad abgeschlossen?«, frage ich Clara.

Sie nickt und zieht ihren Fahrradschlüssel aus der Oberschenkeltasche. Ich drücke ihr meinen in die Hand.

»Okay. Du schließt die Räder auf, ich passe hier auf, dass uns niemand überrascht. Wenn du fertig bist, rufst du mich, und wir hauen ab. Okay?« In dem Moment überlege ich nicht, ob ich vor Clara als Feigling dastehe oder nicht. Und sie verzichtet auf Spott und dumme Witze. Ich gehe wieder auf Beobachtungsposten und höre Clara über den Parkplatz huschen.

Hinter mir klappert etwas. Schlagartig bricht mir der kalte Schweiß aus. Wer auch immer da in der Nacht ist, er hat sich von hinten an mich rangeschlichen! Ich fahre herum – Clara steht hinter mir, mein Rad hat sie gegen Seberths Bus gelehnt.

»Lass uns abhauen«, sagt sie. Ich schlucke. So ist sie. Sie tut nie das, was ich ihr sage. Als ich mein Fahrrad nehme, sitzt sie schon in ihrem Sattel. Sie blickt sich um, sagt aber nichts – und dann prescht sie los. Ich rase hinterher. Als wir um den Bus herumschießen, sehe ich aus den Augenwinkeln eine leere Bierdose im Rinnstein auf der Straße.

Wir sprinten bis zum Marktplatz. Erst als uns das warme Laternenlicht wieder umschließt, schalte ich meine Lampen an. Clara hat einen Dynamo, um keinen Batteriemüll zu produzieren.

»Scheiße«, sage ich, um überhaupt etwas zu sagen. Clara nickt. Mein Rücklicht blinkt ihr rot ins Gesicht.

»Was war denn das überhaupt für ein Typ, der

noch so spät gekommen ist?«, will ich wissen. Clara runzelt die Stirn.

»Weiß nicht.« Sie lässt die Stimme oben, so als ob sie noch nicht fertig ist. Ich gebe ihr noch ein bisschen Zeit. Und tatsächlich sagt sie nach kurzem Zögern: »Ich glaube, der ist gegen die Dose getreten.«

Mir bleibt die Spucke weg. Ich hab mich nicht getraut, das auszusprechen, aber wenn Clara das sagt, klingt es so, als ob er es tatsächlich war.

»Hast du ihn gesehen?«, frage ich.

Sie schüttelt den Kopf.

»Lass uns sehen, dass wir nach Hause kommen«, sage ich. Ich weiß, dass ich jetzt eigentlich anbieten müsste, Clara noch bis zur Haustür zu begleiten, aber ich weiß auch, dass Clara sich nicht gern bevormunden lässt. Speziell das Nach-Hause-Bringen kann sie nicht ab. Im Frühling, als wir noch mehr zusammen gemacht haben, habe ich das ein paarmal angeboten und wurde immer zurückgewiesen.

»Jan …«, sagt sie jetzt.

»Was?«, frage ich.

»Fährst du mich noch rum?«, kommt es zurück. Ich finde, es klingt ein wenig kleinlaut.

»Klar, logo«, sage ich heldenhaft. Und wir fahren los, gemeinsam, obwohl das für mich einen ziemlichen Umweg bedeutet. Aber dafür, dass Clara ihre Angst zugegeben hat, nehme ich das gern in Kauf.

Auf der Fahrt herrscht zwischen uns eine besondere Stimmung. Eine Art Einvernehmen. Ich schätze, es liegt daran, dass wir beide nicht so genau wissen, ob wir uns voreinander schämen sollen oder noch Angst haben. Als Clara mit einem »Danke« und Winken in ihrem Haus verschwunden ist und ich wieder auf der leeren Straße stehe, ist die Mulmigkeit sofort wieder da. Es nützt auch nichts, dass ich mir vorstelle, ich sei ein Kreuzritter oder sonst was. Wenn ich selbst Teil des wirklich gewordenen Horus-Spiels bin, dann kommt für den Fremden nur die Rolle Seths infrage. Und kaum dass ich das denke, fühle ich mich von jedem Schatten verfolgt, und hinter jeder Ecke lauert jemand auf mich. Ich trete mit kneifenden Lungen in die Pedale und speede selbst in den Kurven weiter, in die ich mich lege. Schweißüberströmt komme ich zu Hause an. Lebend.

12

Schon in der Nacht ist der Spuk vom Abend verflogen. Als ich am Morgen auf dem Weg zum Zähneputzen Antonia treffe, freue ich mich schon wieder richtig auf das Falkenabenteuer.

»Du hast geschnarcht, Jan. Ich konnte dich durch drei Wände hören«, sagt die doofe Ziege. Und das auf meinen nüchternen Magen, sodass mir keine gute Antwort einfällt. Beim Frühstück weiß ich nicht, worüber ich mich mehr ärgere. Über Antonia oder darüber, dass ich nicht schlagfertig war. Aber dann begreife ich, dass es etwas ganz anderes ist, was meine Gedanken runterzieht. Wenn ich wirklich geschnarcht habe und vielleicht auch sonst nachts immer schnarche, wie sollen dann die Nächte mit Clara werden? Bei der Vorstellung, dass Clara mich bittet, etwas leiser zu schnarchen, bleibt mir mein Honigbrötchen im Hals stecken.

»Iss doch, Jan«, sagt meine Mutter. Ich nicke, beiße aber nicht ab.

»Wir müssen zu deinem Klassenlehrer«, wirft mein Vater ein.

»Warum das denn?«, frage ich. Auf immer noch fast nüchternen Magen Linne zu treffen, verdirbt mir endgültig den Appetit.

»Um dich abzumelden«, gibt mein Vater zurück.

Ich hätte fast geantwortet, dass ich keine Lust mehr habe. Das Schnarch-Problem hat mir nochmals deutlich vor Augen geführt, wie viele Unwägbarkeiten die ganze Situation hat. Aber dann hätte mich mein Vater für noch launenhafter gehalten, als er es sowieso schon tut. Und deshalb schiebe ich mir den Rest des Brötchens in einem Stück in den Mund. So muss ich wenigstens nicht zustimmen.

Nach dem Frühstück radeln mein Vater und ich zu Linne. Ich habe mit allem gerechnet – dass er in seinem Vorgarten steht und die Gartenzwerge ausrichtet, dass er seinen Rasen mit einer Nagelschere nachschneidet, dass er die Knospen im Apfelbaum nachzählt. Tatsächlich steht er im Garten, als wir ankommen. Aber er tut nichts von alledem. Und mit an Sicherheit grenzender Wahrscheinlichkeit hat er auch schon seit geraumer Zeit nichts von alledem getan.

Sein Garten ist total verwildert. Alles wächst übereinander. In dem Gewucher aus Unkraut und Wildwuchs steht mein Bio- und Medienkundelehrer und füttert ein Eichhörnchen. Er kann von Glück sagen, dass Clara das nicht sieht. Die hätte ihn bestimmt Stück für Stück auseinandergenommen, weil man frei lebende Tiere nicht füttern darf. Aber ich bin irgendwie gerührt, wie er da so steht.

»Hallo!«, rufe ich zu ihm herüber. Es klingt freundlicher, als ich eigentlich sein wollte. Linne dreht sich um und kommt an den Zaun. Er trägt eine kurze Laufhose, seine braunen und überraschend durchtrainierten Beine stecken in zwei grellgelben Joggingschuhen.

»Haben Sie Frühsport gemacht?«, erkundige ich mich.

»Marathon. Ich trainiere für meinen ersten Marathon«, gibt er zurück. Es verschlägt mir die Sprache. Ich habe Linne für einen ziemlichen Freak gehalten, der sich mit Büchern amüsiert und Angst vor Clara hat. Und jetzt Marathon. Die Einzige aus unserer Klasse, die sonst noch regelmäßig joggt, ist Clara. Aber das ist auch nicht verwunderlich, weil Clara auch schwimmt und Skateboard fährt und alles macht, was schnell und schweißtreibend ist. Aber dass Linne solche Ausdauer hat, zieht mir fast die Schuhe aus. Jedenfalls verschlägt es mir die Sprache, und ich überlasse die Ausführungen über den Falken im Wesentlichen meinem Vater. Linne mustert mich kritisch, während mein Vater redet. So, als würde er mir nicht glauben, dass ich mich ernsthaft in den Dienst einer guten Sache stelle. Aber als mein Vater fertig ist, nickt er, reicht mir die Hand und sagt, dass das eine tolle Sache ist. Und dann trabt er los, über vierzig Kilometer vor sich, in der knalligen Sonne.

Nach dem Mittagessen stopfe ich die Ausrüstung für eine Woche in meinen Rucksack. Viel ist es nicht, denn ich gehe davon aus, dass es heiß wird, und verzichte auf den größten Teil der Kleidung. Dafür wähle ich mit Sorgfalt die Dinge aus, mit denen ich meine Überlebenstasche bestücke. Es ist eine ausgemusterte Gürteltasche, die ich mal billig in einem Jagdladen gekauft habe. Aber das sieht man ihr nicht an. Sonst hätte ich mich nicht getraut, Clara damit unter die Augen zu treten. Ich packe eine Taschenlampe, einen Nylonfaden, einen Kompass, Verbandszeug und Streichhölzer ein. Dann verstaue ich die Überlebenstasche zusammen mit meinem Handy im Kopfteil meines Rucksacks. Mein Taschenmesser stecke ich mir in die Hosentasche. Während ich packe, muss ich an Lasse denken. Ich schreibe ihm eine Whatsapp, dass ich die Pfingstwoche ganz abtauche. Mal sehen, ob er seinen Computer bis dahin wieder in Gang bringt.

Ich stehe am Fenster, und es kribbelt in meinem Bauch. Jetzt kann es losgehen!

Doch nicht Seberths alter VW-Bus fährt als erstes Auto vor, sondern ein Paketservice. Der Fahrer in seiner braunen Montur klingelt an unserer Haustür.

Ich bleibe weiter am Fenster stehen und warte auf Seberth und Clara. Meine Mutter ruft mich.

»Was denn?«, brülle ich zurück.

»Post!«, ruft sie. Mit Post kann sie nur den Paketlaster meinen. Ich renne hinunter. Tatsächlich ist das Päckchen an mich adressiert, und ich muss auf einem digitalen Feld unterschreiben.

»Mein erstes Geburtstagsgeschenk«, sage ich. Wenngleich ich auch nicht weiß, wer mir ein Geschenk per Versandservice schickt. Kaum ist der Lastwagen wieder losgejuckelt, reiße ich das Päckchen in der Mitte auf. Meine Mutter lugt mir über die Schulter. Ein Lieferschein flattert mir vor die Füße. Ich hebe ihn auf. Ganz oben auf dem Zettel befindet sich ein eigentümlich geschwungenes Kreuz. Dieses Symbol kenne ich. Es ziert die Internetseite des Onlineverkaufs der Talismane und Wunderspielsachen. Dies ist gar nicht mein Geburtstagsgeschenk – sondern Claras. In dem Paket muss der Horus-Talisman sein.

»Was ist das?«, höre ich jetzt hinter meiner Mutter Antonias Quiekstimme. Ich hätte ihr gerne gesagt, dass dies ein versteinerter Gott ist, der nervige Schwestern fernhält, aber in dem Moment fällt mein Blick auf die Rechnungssumme am unteren Ende des Lieferscheins. Mir verschlägt es glatt die Sprache. Der Talisman ist nicht teurer als erwartet. Aber der 24-Stunden-Schnellversand mit einem privaten Lieferservice kostet ein kleines Vermögen.

»Von wem ist das denn nun?«, fragt meine Mutter.

Bestürzt schaue ich sie an. »Von mir«, sage ich.

In ihr überraschtes Schweigen tuckert der Motor von Seberths VW-Bus. Ich drücke ihr die Rechnung in die Hand und stopfe den Falken in seinem Papiernest in meine Hosentasche.

»Könntest du das schon mal für mich überweisen?«, flöte ich im Vertrauen darauf, dass sie mir in solch einem Abschiedsmoment nichts abschlagen wird. Und die Rechnung geht auf. Sie nickt, ohne auf den Zettel zu schauen, denn in dem Moment kommt Seberth mit seinem VW-Bus um die Ecke geeiert.

Ich drücke einen Kuss auf das Gesicht meiner Mutter, tätschle Antonias Wange, weil sie das nicht abkann, und winke meinem Vater zu. Dann werfe ich mir den Rucksack auf den Rücken und renne zum Bus. Auf dem Beifahrersitz hockt Clara. Ich krieche auf die Rückbank. Und dann fahren wir los.

Im Rückspiegel sehe ich, wie meine Mutter jetzt doch auf die Rechnung starrt, stockt und den Arm hochhebt, als säße sie bei Linne in Bio, wo allerdings keiner den Arm hebt und alle immer so drauflosreden. Was sie sagen will, kann ich mir denken. Sie hat die Rechnung angeschaut. Aber das muss nun eine Woche warten. Während meines Falken-Ausflugs telefoniert sie mir bestimmt nicht hinterher.

13

Die Fenster des VW-Busses sind offen, und die Gardinen bauschen sich im Fahrtwind. Seberth ist äußerst wortkarg – vielleicht ist er ein Morgenmuffel – und hört einen Schlagersender. Der Motor stampft sanft vor sich hin, wir sind auf der Autobahn. Es ist ganz anders, als im Volvo meiner Eltern mit 180 über die A7 zu fegen. Diese Fahrt ist deutlich näher an einer Kutsche als am Elektroauto. Ich frage mich, ob Clara diese Fahrt genießen kann bei der Abgaswolke hinter uns. Und überhaupt frage ich mich, wie Umweltschützer ein solches Auto verantworten können. Aber wann immer sich unsere Blicke im Rückspiegel treffen, blinzelt Clara mir zu. Ihr Dutt wippt im Takt der Musik, und offensichtlich geht es ihr wie mir.

Seberth setzt den Blinker, der lauter tickt als das Schlagzeug der Musik, und wir biegen bei einer Raststätte ab. Seberth geht pinkeln, und Clara und ich steigen aus, um unsere Beine ein bisschen zu bewegen. Für zwei Runden um den VW-Bus inhaliere ich die Atmosphäre der Raststätte. Laster brummen auf der Autobahn vorbei. Es liegt vielleicht an der Geschwindigkeit des Verkehrs, dass hier alles so ruhig und langsam wirkt. Von der Tankstelle weht Benzingeruch herüber. Aber auch das ist gut. Es riecht nach Aufbruch.

Nach der dritten Runde setzt sich Clara auf einen Bordstein am Parkplatz. Ich hocke mich neben sie.

»Ganz schöne Mühle«, sage ich, um vorzufühlen, wie Clara die Lage und den VW-Bus einschätzt.

Sie grinst. »Wenn ich mal einen Führerschein habe, will ich auch so einen. Genau so einen.«

Ich glaube, ich habe mich verhört.

»Führerschein? Ich dachte, Auto fahren ist Teufelszeug.«

Claras Grinsen wird immer spitzer.

»Ist es ja auch. Außerdem habe ich nur gesagt, ›wenn‹, nicht, ›dass‹ ich ihn mache.«

Das sind ihre typischen Haarspaltereien.

»Aber wenn?«, beharre ich.

»Dann so einen Bus. Irgendwie schlägt man damit den ganzen Rennmaschinen noch ein Schnippchen.« Sie legt den Kopf schief und schaut mich an, ob ich verstehe. Ich bin mir nicht sicher. Wenn sie meint, dass man mit neunzig Stundenkilometern den normalen Verkehrsfluss aufhält, hat sie recht. Aber wahrscheinlich meint sie, dass so ein Bus eher eine Kutsche ist als ein Auto. Und das ist ein Gedanke, der mir vertraut ist.

Seberth ist vom Pinkeln zurück und drückt jedem eine Käsestulle in die Hand. Der Käse ist wahrscheinlich genauso alt wie sein VW-Bus. Ich esse ihn trotzdem, weil es gerade so gut zur Stimmung passt.

Als wir wieder loswollen, klettert Clara zu mir nach hinten auf die Rückbank. Und als wir den Laster gefunden haben, den wir nie überholen werden, krame ich mein Geburtstagsgeschenk aus der Hosentasche.

»Was ist das?«, fragt Clara.

»Teufelszeug«, sage ich.

Sie packt es aus. Horus ist mattgrün und in seinen Ritzen schwarz – und er ist ein Volltreffer. Das eine Auge ist eine kleine Höhle, und die Figur ist ebenso mystisch wie kraftvoll. »Was ist das?«, fragt Clara noch mal.

Ich weiß zwar nicht, ob Horus ihr gefällt, aber allein damit, dass ich ein Geschenk für sie dabeihabe, hat sie offensichtlich überhaupt nicht gerechnet.

»Zum Geburtstag«, sage ich.

»Der ist erst übermorgen.«

»Ist doch egal, oder?«

Sie macht wieder ihr spitzes Gesicht. Ich warte die ganze Zeit, wann wir uns mal streiten. Aber nach Streit ist die Stimmung irgendwie nicht.

»Das ist Horus aus Ägypten. In Ägypten hatte jeder Gott ein heiliges Tier.«

»Ein Haustier?«, fragt sie.

»Nein, Quatsch. Jeder Gott war durch ein besonderes Tier dargestellt. Es gab Götter mit Stier-, Widder- und Löwenköpfen«, erkläre ich.

»Horus, der Falkenköpfige«, stellt sie mit schwingender Stimme fest. »Aber wieso hat er nur ein Auge?«

»Horus ist der Gott des Lichtes. Sein eines Auge stellt die Sonne dar, sein anderes den Mond.«

»Er hat doch nur eins.«

»Nee, das andere sieht man nur gerade nicht. Das fehlende Auge ist sein Mondauge. Das Mondauge ist im Kampf gegen Seth, den Gott der Finsternis, verletzt worden. Deshalb scheint der Mond nicht immer voll, sondern verschwindet manchmal. Um das Licht des Mondes wird noch immer gekämpft.« Clara lächelt. Solche Geschichten gefallen ihr. Sie klingen nach Indianersage und Naturverbundenheit.

Jetzt reibt sie den kleinen Falken und hängt ihn

sich um den Hals. Ich lümmle mich in meinen Sitz, lege den Kopf gegen die Scheibe und tue so, als ob ich aus dem Fenster schaue. Tatsächlich aber beobachte ich Claras Spiegelbild. Ich sehe, wie sie auf einem unsichtbaren Kaugummi kaut, weil sie nicht weiß, was sie sagen soll. Als sie schließlich etwas gefunden hat, ist es nicht »Danke«, sondern: »Ich hab gar nichts für dich.« Und das ist eigentlich noch besser. Ich habe sie offensichtlich ausgekontert.

»Ich hab alles, was ich brauche«, sage ich. Und in diesem Moment stimmt das tatsächlich. Auch wenn Clara schon wieder ihren Kopf schüttelt, um anzuzeigen, dass der letzte Satz alles wieder fast kaputtgemacht hätte. Aber nur fast. Sie sucht sich wie ich die tiefste Falte in den Sitzen, und als ich wieder in meinen Spiegel schaue, sind ihre Augen schon da und blicken mich aus der Scheibe an. Wir lächeln uns zu. Aber nur indirekt. Ich könnte immer behaupten, eigentlich nur die Bussarde auf den Julen neben der Leitplanke gezählt zu haben.

14

Unsere Autofahrt dauert dreieinhalb Stunden bei neunzig Stundenkilometern. Als Seberth blinkt und von der Autobahn abfährt, tut es mir fast leid. Zum Brummen des Motors habe ich mitgebrummt, und Clara hat vor sich hin gepfiffen. Sie kann tatsächlich eine Melodie halten. Ich hätte noch zwei Stunden länger in der leichten Vibration des Motors liegen und ihr zuhören können.

Nach einem Landstraßen-Zickzack zwischen Feldern und bewaldeten Hügeln biegt Seberth auf eine Schotterpiste ab, die auf eine Lichtung führt. Auf dem Weg dahin meine ich ein Hinweisschild auf eine Burg gesehen zu haben, bin mir aber nicht sicher.

»Hier ist es.« Seberth rumpelt über ein paar Maulwurfshügel und zieht dann die Handbremse knirschend hoch. »Ich werde den Bus hier stehen lassen.

Ihr könnt darin schlafen, wenn ihr wollt. Sonst gibt es noch ein Zelt.«

Clara wartet nicht ab, bis ich mich entschieden habe. »Zelt«, sagt sie.

Und weil sie mich nicht mit einbezieht, füge ich hinzu: »Wieso denn überhaupt ein Zelt? Wir können doch auch einfach so draußen schlafen. Es ist doch Sommer!« Ich habe noch nie einfach so draußen geschlafen. Aber es reizt mich einfach zu sehr, mit Seberths Abenteurerart gleichzuziehen und ein bisschen anzugeben. Und außerdem vermeide ich damit, neben Clara zu schlafen. Wegen des Schnarchens und weil es sowieso eine heikle Angelegenheit ist.

Clara blickt mich skeptisch an, sagt aber nichts. Ich hab keine Ahnung, wie sie sich das denkt, dass wir zusammen in einem Zelt schlafen sollen.

»Wie ihr wollt.« Seberth zuckt mit den Achseln.

Als wir aussteigen, geht unser erster Blick in den Himmel. Eine Weile starren wir in das schimmernde Blau über uns. Kein Falke ist zu sehen.

»Er ist nicht da«, stellt Seberth fest, scheint sich aber keine großen Sorgen darum zu machen.

Wir laden unser Gepäck aus, Seberth wuchtet mit mir ein großes Wasserfass aus dem Bus und lädt dann noch ein paar Kisten mit Proviant aus. Clara kippt den Zeltsack aus. Stangen und Heringe fallen durcheinander. Sie beginnt, alles zu sortieren. Ich überlege, ob ich schon mal anfangen soll, die Stangen auseinanderzuklappen, entscheide mich aber dagegen. Immerhin will sie ja in dem Zelt schlafen. Insgeheim pokere ich jedoch darauf, dass Clara es nicht alleine hinkriegt und mich nachher fragt, ob ich ihr helfen kann. Das wäre nach dem Talisman der krönende Abschluss des Tages.

Wenn sie sich bückt, baumelt ihr der Talisman vor dem Kinn. Ich gehe zu Seberth.

»Wo ist der Falke, wenn er nicht da ist?«, will ich wissen.

Er deutet quer über die Wiese. »Sein Horst ist da hinten bei der alten Burg.«

Also habe ich doch richtig gesehen. Es ist supercool von den Falken, sich gerade diese Stelle auszusuchen.

»Was ist das für eine Burg?«, erkundige ich mich.

Aber Seberth hat keine Ahnung. »Kommt, ich zeig sie euch mal«, sagt er.

»Gleich. Nur noch spannen«, antwortet Clara von der anderen Busseite. Ich blicke durch die Windschutz- und Heckscheibe und traue meinen Augen kaum. Das Zelt steht. Clara hat es in den Schatten einer hohen Esche gestellt, in guter Entfernung vom

VW-Bus. Weißdornbüsche schützen unsere linke Flanke. Ich muss zugeben, dass es gut aussieht, wie es da vor dem dicken braunen Stamm kauert.

»So, kann losgehen!«, ruft Clara.

Über die Wiese stapfe ich hinter den beiden her.

Horst ist eigentlich nicht das richtige Wort für die Wohnung des Falken, denn er hat es sich nicht besonders gemütlich gemacht. Weder Nest noch Höhle. Sein Zuhause ist lediglich eine alte Mauerkante. Man erkennt das Lager daran, dass es vom Falkenkot ganz weiß ist. Wenn man ehrlich ist, ist sein Zuhause ein Plumpsklo ohne Wände. Falken, schießt es mir durch den Kopf, sind die Schweine des Himmels. Und dieser hier hält sich nicht mal an die Absprachen mit Seberth. Denn weit und breit ist nicht eine Schwanzfeder von ihm zu sehen.

Architektonisch interessanter als der Horst ist die alte Burg. Zwar steht von ihr nicht mehr viel, aber umso schwieriger ist es, meine Fantasie zu widerlegen. Ich überlege mir, wo die Küche war. Und natürlich hatte so eine Burg eine Falknerei. Gleich daneben standen die Turnierpferde, anschließend kam die Waffenkammer. Ich stelle mir vor, wie ich morgens, noch vor dem ersten Kampf, zu den Falken gehe. Mein Arm steckt in einem Lederhandschuh, auf dem der verkappte Vogel sitzt. Während ich den Vogel auf seine Sitzstange platziere und die Langfessel verknote, greift Seberth in meinen schönen Traum ein, indem er erzählt, dass Falken heute in Großstädten Hochhäuser als Brutfelsen nehmen. Ich stemme mich mit meinem Ritterstolz gegen das Gelaber. Die Kunst ist, dem Falken die Ahnung von Freiheit zu lassen, obwohl er nicht mehr wild ist, sondern gefangen in einem trainierten Alltag. Ich habe natürlich keine Ahnung, ob das tatsächlich so ist. Aber ich stelle es mir so vor.

Auf dem Rückweg besprechen wir mit Seberth den Wachplan. Seberth lässt uns freie Wahl, ob wir die Tages- oder die Nachtschicht übernehmen wollen. Ich bin für die Nacht. Erstens hockt der Falke dann auf seinem Mauerklo, und es ist viel einfacher, auf ihn aufzupassen, zweitens ist klar, dass nachts die Zeit der richtigen Abenteuer ist. Spätestens seit gestern Nacht jedenfalls. Und merkwürdigerweise kommt mir die Szene vor dem Naturkundemuseum nun gar nicht mehr bedrohlich vor. Drittens aber muss ich dann nicht so sehr auf mein Schnarchen aufpassen.

Aber wie immer mischt sich Clara ein.

»Hast du tagsüber nicht viele andere Dinge zu tun?«, fragt sie Seberth.

»Schon«, gibt der zurück.

»Dann wäre es doch besser, du machst die Nacht, und wir halten dir den Tag frei«, sagt sie. So viel Mitgefühl kenne ich bei Clara gar nicht. Ich maule noch ein bisschen, aber mir fällt auch kein wirklicher Grund ein, der dagegenspricht. Also ist es abgemacht.

Seberth gibt uns noch eine Liste mit wichtigen Telefonnummern, die wir einspeichern sollen. Clara verstaut sie im Zelt, wo bereits unsere beiden Rucksäcke untergebracht sind. Dann fährt er noch einmal in das Dorf runter, um später seinen Posten zu beziehen.

Clara und ich bleiben allein zurück. Für einen komischen Moment lang weiß keiner von uns, was er sagen soll. Jetzt sind wir gestrandet auf unserer Insel, und es gibt keine Erwachsenen mehr, keine Computer, keine Schule.

»Ich hab Hunger«, sagt Clara.

»Im Dorf gibt's bestimmt eine Pizzeria.«

Sie blickt mich schräg an. »Ich dachte, du willst auswildern. Wir kochen selbst!«

Ich bin ertappt. Natürlich kochen wir selbst. Wir sind ganz auf uns gestellt! »Hm. Ja, klar«, murmle ich, »was denn?«

Clara wühlt aus ihrer Tasche ein Netz mit Bohnen und wirft sie mir zu. »Die kannst du schon mal putzen.«

Misstrauisch hebe ich das Netz auf.

»Sind das Bio-Bohnen?«, frage ich. Ich habe in meinem ganzen Leben noch keine Bohnen geputzt.

Clara lacht. »Nein, aus Ägypten.«

Ich hole Wasser und fange an, die Bohnen zu waschen. Jede einzeln, damit Clara auch zufrieden ist. Aber während ich mit meinen Bohnen beschäftigt bin, fängt die Natur an, sich von uns zu ernähren. Die Mücken kommen. Mit einem hohen Sirrton schießt mir die erste direkt durch das Ohr in den Kopf. Die nächste beißt mich in die Backe. Abwechselnd greife ich nach einer Bohne und schlage nach den Blutsaugern, sodass Clara, als sie mit dem Kochgeschirr zurückkommt, laut auflacht. Vielleicht war es doch keine so gute Idee, mit Clara hierherzufahren.

»Ist nicht komisch«, sage ich bissig, »die Moskitos fressen mich auf.«

»Oh. Tut mir leid«, sagt sie. Ich glaube ihr kein Wort. »Es ist wegen der Bohnen«, fährt sie fort. »Bohnen putzt man, indem man ihre Enden abschneidet.«

Toll. Woher soll ich das wissen? Bei uns kocht bekanntermaßen meine Mutter – manchmal auch mein Vater. Clara hat aufgehört zu lachen. Aber ich sehe, dass sie nur so tut. Hinter ihren zugepressten Lippen gluckst es noch immer.

Meine schlechte Laune legt sich erst wieder beim Essen. Bohnen, Mohrrüben, Reis. Ich hätte nie gedacht, dass es so gut schmeckt. Aber Clara hat es gewürzt, herzhaft gewürzt. Das kann sie gut. Die Mücken sind wohl von dem Chili explodiert, jedenfalls sind sie plötzlich alle weg.

Und als der Tag ein letztes Mal um die Baumwipfel streift, bevor er sich zurückzieht, stehen wir auf.

Die Abendzeremonie, über die ich mir so viele Gedanken gemacht habe, beginnt mit dem Abwaschen der Töpfe im letzten Licht.

Clara steht auf und fängt an, auf der Wiese hin und her zu huschen. Als sie wiederkommt, hat sie den Arm voller Zweige und Stöcke. In Gedanken beiße ich mir in den Hintern. Auf die Idee, Feuer zu machen, hätte ich auch selbst kommen können. Als es knistert und die Flammen aus dem aufgetürmten Holz ihre spitzen Zungen stecken, setze ich mich in den Rauch, um den Mücken keine zweite Chance zu geben. Der Mond ist rund und hat sich einen Nebelschleier vors Gesicht gezogen. Wir sitzen an unserem Lagerfeuer, und ich schaue zu, wie das Licht an den Scheiten leckt.

Clara hat die Beine an die Brust gezogen. Ich härte einen Stock in den Flammen und schnitze ihm eine scharfe Klinge. Jetzt kommt Clara durch meinen Funkenregen und setzt sich neben mich.

»Unglaublich, dass der Mond so groß ist«, sagt sie nach einer Weile. Jetzt steht er als halbe weiße Scheibe über dem Wald. Es ist tatsächlich unglaublich, wie klein wir sind. Das Mondlicht meißelt die Nachtschatten mit scharfer Kontur.

»Bald ist Vollmond«, sage ich und schaue zu dem einen Auge im Himmel auf.

»Morgen«, sagt Clara und lächelt verschwörerisch. »Das Licht siegt.«

Während sie das sagt, fällt die erste Sternschnuppe. An dem Stück Himmel über unserer Wiese hängen die Sterne irgendwie lockerer. Noch eine und noch eine und dann ein richtiger Sternschnuppenhagel.

»Hast du dir was gewünscht?«, frage ich.

»Du hast dir bestimmt nichts gewünscht. Du hast ja schon alles!«, entgegnet sie schnippisch. Ich schlucke ihre letzten beiden Bemerkungen einfach.

Noch zwei Sternschnuppen.

»Sieht schön aus«, sage ich.

»Früher waren Sternschnuppen ein Zeichen für Unglück und Gefahr«, gibt sie zurück.

»Ich wünsch mir gerade, dass du nicht immer so rumunkst«, sage ich.

Sie lacht. »Das geht jetzt leider nicht mehr in Erfüllung. Du darfst es doch nicht laut sagen!«

Aber später hat sich die Sache ohnehin erledigt. So viele Wünsche, wie es heute Sternschnuppen regnet, hat kein Mensch. Clara zählt noch immer mit, wie viele glühende Punkte durchs All segeln.

Ich fange an, Witze über die Schule zu reißen. Ganz gute, finde ich. Ab und zu lacht Clara tatsächlich.

Clara packt ihre Zahnbürste aus, und ich tue es ihr nach. Wir stehen auf der Wiese unter den rauschenden Sternen und schrubben uns die Zähne, obwohl das bei dem zuckerfreien Essen gar nicht nötig gewesen wäre. Dann schnappt sich Clara eine Rolle Klopapier und einen Klappspaten und verschwindet im Wald. Ich schaue ihr hinterher, und es dauert ein paar Augenblicke, bis der Groschen fällt, was sie mit dem Spaten will. Auch diesen Gang müsste ich ihr nachmachen, warte nun aber, bis sie mit dem Spaten zurück ist. So lange baue ich mir ein Lager aus Isomatte und Schlafsack vor dem Zelteingang. Ich spiele, dass ich als Ritter vor dem Zelt einer Hofdame schlafe, obwohl Clara nun überhaupt nicht wie eine Prinzessin ist. Ich lehne mein Schwert neben das Zelt, rolle meine Pferdedecke zum Kopfkissen, schaue auf den

Orion, lausche, ob irgendwo Hyänen gegen Löwen kämpfen, und gehe noch einmal nach den Pferden schauen.

Als ich dann später mit dem Spaten aus dem Wald zurückkomme, leuchtet im Zelt schummrig eine Kerze.

»Willst du echt draußen schlafen?«, fragt Clara durch die Stoffwand.

Die hat echt Nerven. Wie stellt sie sich das denn sonst vor?

»Wegen der Mücken, meine ich«, sagt sie.

»Die sind schon weg«, murmle ich und hoffe, dass ich recht habe. Dann lege ich mich unter die Esche und blinzle durch das Blätterdach in den sternenbestaubten Himmel. Ich bin aus der Zivilisation gefallen. Die Welt streift über mich hinweg, fast meine ich spüren zu können, wie sich die Erde dreht. Ich bin eins mit dem Boden und sehe die Nacht von unten, endlos wie der Schlaf.

15

Vor Kälte werde ich wach. Mücken habe ich tatsächlich keine mehr gehört. Aber auf meinen Beinen klebt das Inlett des Schlafsacks. Er ist pitschnass vom Tau. Ich habe keine Ahnung, wie spät es ist, aber es sieht noch nach tiefster Nacht aus. Die Milchstraße zieht über mir eine Schleife. Die nasse Wiese riecht moderig. Eine Fledermaus zischt an den Bäumen entlang, nur ein Schatten vor schwarzem Grund. Mein nasser Schlafsack ist ein Kühlbeutel geworden. Wenn ich darin liegen bleibe, bin ich morgen Falkenfutter. Und wenn ich zu Clara ins Zelt krieche, wird sie mich auslachen, dass ich es doch nicht durchgezogen habe, draußen zu schlafen. Ich überlege mir, Seberth auf seiner Position zu besuchen. Also schäle ich mich aus meinem Schlafsack und angle mir meine Turnschuhe. Barfuß schlüpfe ich in den ersten und zermansche mit meinem Fuß etwas Klebriges. Ich unterdrücke einen Schrei und ziehe den Fuß wieder zurück. Ich muss den Schuh ganz dicht an mein Gesicht halten, um zu erkennen, was es war, das sich anfühlte wie ein aufgeweichter Gummibärchenklumpen. Eine Nacktschnecke, die zertreten halb an meinem Fuß und halb im Schuh klebt. Ich wische mit meinem Fuß durch das nasse Gras und erwische die nächste Schnecke. Die Wiese wimmelt von ihnen. Alles ist voll. Auf dem Zelt haben sie ihre schleimigen Spuren hinterlassen, auf meinem Schlafsack sind bestimmt zwanzig, und eine finde ich in meinen Haaren.

Das bricht meinen Stolz und meinen Widerstand. Ich lasse Schlafsack und Isomatte im Schneckentreiben, ratsche die Reißverschlüsse auf und krieche ins Zelt. Hier hat Claras Körper die Luft warm gemacht. Sie hat sich mit dem Schlafsack nur zugedeckt, ihn nicht geschlossen. Ein wahrer Luxus an Wärme. Ihre dunklen Haare rahmen ihren Kopf ein, als ob er in einer Pfütze liegen würde. Als ich die Reißverschlüsse wieder schließe, wird sie wach.

»Was ist?«, fährt sie hoch.

»Schnecken«, sage ich etwas kleinlaut, »und mein Schlafsack ist nass.«

Clara legt den Kopf schief.

»Wir können uns beide mit meinem zudecken.«

»Nee, lass mal.« Ich zittere, und sie merkt es. »Ich zieh mir nur schnell was Wärmeres an.« Während ich das sage, klicke ich meinen Rucksack auf. Aber noch bevor ich anfange zu suchen, weiß ich, dass es vergebens ist. Ich habe alle warmen Sachen zu Hause gelassen: Pullover, Jogginghose, Socken. Clara hat sich schon wieder hingelegt und auf die andere Seite gedreht. Manchmal wünschte ich mir, sie wäre ein etwas mütterlicherer Typ.

»Clara«, sage ich, »kannst du mir vielleicht einen Pullover leihen?«

Sie setzt sich wieder auf.

»Stell dich doch nicht so blöd an und leg dich mit unter meinen Schlafsack. Der hält warm bis minus sieben Grad. Das schafft kein Pullover.«

Ich zögere noch immer. Immerhin ist sie ein Mädchen, und ich bin ein Junge. Aber andererseits ist Clara auch keine Prinzessin. Und deshalb gebe ich doch nach.

Sie rückt ein Stück. Und ich schlüpfe unter die angehobene Ecke des Schlafsacks. Ich kann ihren Körper nah neben mir spüren, achte aber sehr darauf, sie nirgends zu berühren.

»Dann schlaf gut«, sagt sie, als sei es die normalste Sache der Welt, dass ich jetzt neben ihr liege.

Ich weiß, dass ich bestimmt nicht einschlafen werde.

Ich werde wach und bin wieder klitschnass. Diesmal vor Hitze. Die Luft im Zelt ist keine Luft, sondern nur noch stehende Glut. Es ist hell, und die Sonne knallt auf das Zelt herab. Mein Blut kocht. Clara liegt nicht mehr neben mir, dafür ich noch immer unter ihrem Schlafsack, der zwar bis minus sieben Grad warm hält, aber nicht bis plus dreißig Grad kühlt.

Mit letzter Kraft krieche ich zum Ausgang und halte meinen Kopf in den Sauerstoff. Über der Wiese brummt und summt es wie auf der Autobahn. Hummeln, dick und haarig wie kleine Hunde, saugen die Blüten aus. Der Schatten der Esche liegt genau neben dem Zelt. Das Licht fällt in Bahnen durch die Blätter und bildet eine hohe Halle mit Säulen, einen Krönungssaal, eine Kathedrale. Clara sitzt genau im Altarraum und hat die Haare wieder zu einem Knoten zusammengebunden. Sie rührt Müsli in H-Milch.

»Morgen«, sage ich, nachdem sich mein Schwindel gelegt hat.

»Morgen«, gibt sie zurück. »Es geht los.« Sie zeigt zum Himmel. Der Falke ist da. Von Wilderern weit und breit keine Spur.

»Wo ist Seberth?«, frage ich.

»Schon weg. Du hast verschlafen!«, gibt sie zurück.

Ich setze mich kleinlaut neben Clara. Wenn sie jetzt noch sagt, dass ich geschnarcht habe, ist alles aus. Aber nichts dergleichen. »Sonntagsfrühstück?«, frage ich vorsichtig.

Sie grinst. Ich entspanne mich und schaufle mir ebenfalls Müsli in eine Schale. Es ist Bio-Müsli, ohne Zucker oder Schokoladenflocken, reines Korn, reine Kraft. Ich esse es mit langen Zähnen.

»Kaffee?«, fragt Clara.

»Kaffee?«, frage ich. Ich habe noch nie Kaffee getrunken.

»Mhm. Lupinenkaffee. Ohne Koffein.«

»So was wie Caro-Kaffee?«

»So was.« Sie schenkt mir aus einer blauen Thermoskanne eine Tasse ein.

Ich nippe und spucke ihn in die Büsche. Er schmeckt wie angebrannte Baumrinde.

Clara feixt. »Milch?«, fragt sie.

Ich nicke nüchtern, trinke lauwarme H-Milch und nehme mir vor, als Erstes eine eiskalte Cola zu stürzen, wenn ich wieder unter Menschen bin.

Nach dem Frühstück greifen wir uns unsere Ferngläser und beobachten den Falken. Das tun wir den ganzen Tag, mit verrenktem Nacken in den Himmel glotzen, während die Sonne auf uns niederstarrt. Ich folge meinen Gedanken in das blaue Nirgendwo und frage mich plötzlich, was wir wohl tun werden, wenn nun tatsächlich jemand kommt, um den Falken zu jagen. Ich habe in den letzten Tagen zweimal Vorträge über das Leben von Raubvögeln gehört. Ich weiß, dass Falken keine Nester bauen und ihre Eier einfach auf vollgekotete Mauerreste legen. Ich weiß, dass sie Singvögel fressen und ein begehrtes Sammlerobjekt sind. Aber ich weiß nicht, wie man einen Falken fängt, und schon gar nicht, wie man einen Falkenjäger fängt. Betäubt ein Falkenjäger die Falken mit einem Schuss, oder legt er eine Schlinge? Ködert er sie mit Gift, oder fängt er sie in einem Käfig? Wir haben unsere Handys, okay, aber wenn jetzt jemand auf die schießen will, sind die längst erlegt, bis die Polizei anrückt. Seberth ist zugegebenermaßen ein kampferprobter Kerl, aber er ist ja nicht immer da. Und ich, sosehr ich mir auch einbilde, in eine Rittergeschichte gerutscht zu sein, kenne mich gut genug und weiß, dass ich für einen Vogel nicht meine Haut riskieren werde.

Apropos Haut. Die Sonne hat uns inzwischen fast geschält, und wir cremen uns mit Sonnenmilch ein.

Clara trägt ihren kleinen Falken um den Hals, er glitzert in der Sonne. Sie malt sich mit Creme ein Clownsgesicht um Augen und Mund. Trotz des UV-Panzers spannt meine Haut schon nach wenigen Minuten wieder vor Trockenheit. Meine Haare sind vom Schweiß fest wie Stroh. Mein T-Shirt habe ich in einen Baum gehängt, es sieht aus wie das Banner über einem Heerlager. Ich habe auch zu wenig leichte Sachen mit. Mein Schlafsack ist nach einer halben Stunde in der Sonne wieder trocken gewesen, und die Schneckenspuren sind bis auf einen silbrigen Abdruck ebenfalls verdunstet.

Clara starrt gebannt durch ihr Fernglas, aber ich glaube nicht mehr, dass ihre Begeisterung echt ist, und werfe meinerseits nur noch sporadische Blicke zu dem Vogel am Himmel. Dieser Tag hat genau eine halbe Stunde lang Spaß gemacht. Danach war es nur noch langweilig. Am liebsten würde ich jetzt schwimmen gehen. Es gibt einen kleinen See unterhalb des Berges, auf dem wir hocken. Das Gekreische und Lachen weht bis zu uns herauf. Aber ich sehe keine Möglichkeit, einmal baden zu gehen, solange wir hier Safari spielen.

Die Schatten werden länger.

»Ist dieser Falke eigentlich ein Männchen oder ein Weibchen?«

Clara blickt mich misstrauisch an. »Siehst du den Brustfleck? Das ist das Weibchen.«

»Wann legen die denn eigentlich Eier?«, frage ich.

»Ich weiß nicht.« Sie klingt irgendwie unwirsch.

»Gibt es auch ein Männchen?«, frage ich.

»Siehst du eines?«

»Vielleicht liegt es noch im Nest, weil ihm kalt ist?«

Diesmal antwortet Clara nicht mehr. Wieder das Schweigen und Brummen der Hummeln. Ich lasse es auf sich beruhen. Der Falke steht wie ein billiger Kinderdrachen hoch am Himmel. Mit unbewaffnetem Auge kann man die Bewegung seiner Flügel nicht erkennen.

Seberth kommt. Allerdings nicht mit seinem VW-Bus, sondern mit dem Jeep, mit dem der Politiker zum Naturkundemuseum gekommen war. Es ist ein Landrover. Und dieser Rover passt zu Seberths Waldläuferaussehen ungefähr so gut wie Nagellack zu Clara. Es ist nicht nur ein vierradgetriebener, geländegängiger Wagen, es ist auch eine Nobelkarosse mit Ledersitzen und getönten Scheiben. Von Clara weiß ich, dass Umweltschutzorganisationen immer knapp bei Kasse sind. Wenn Seberths Chef aber solch einen Rover fährt, kann es ihnen nicht so schlecht gehen.

Er fragt, wie es war, und ich antworte: »Keine besonderen Vorkommnisse.«

Damit ist Seberth zufrieden. Aber ich bin es nicht. Noch eine Woche in dieser Langeweile und ich krieg einen Rappel. Immerhin ist es noch nicht zu spät, um baden zu gehen. Aber da sagt Seberth: »Ich muss noch mal los. In zwei Stunden bin ich wieder da. Ist das okay?«

»Klar«, sagt Clara über mein Nein. Aber das war ohnehin nur geflüstert. In diesen zwei Stunden schäle ich Zwiebeln. Und Clara dünstet sie in Öl, schmeißt Pilze dazu und rührt drei Eier hinein. Das Essen ist das Einzige, was wirklich gut ist. Der Rest ist Ödnis. Wir bauen das Zelt um und stellen es in den Schatten, damit es morgens nicht zum Backofen wird. Die Mücken kehren wieder. Seberth kommt, diesmal standesgemäß im VW-Bus, und bleibt vor unserem Zelt sitzen. Anfangs freue ich mich auf ein paar Abenteuergeschichten von Seberths Kampf gegen Umweltzerstörer und Großwildjäger. Aber er hockt nur mürrisch schweigend vor unseren Töpfen, macht keine Hand krumm, um uns beim Abwasch zu helfen, und raucht eine Zigarette nach der nächsten. Ich frage ihn, womit Falkenjäger Falken fangen. Aber er brummt nur zurück, dass sowieso nichts passieren wird. Das weiß ich zwar, aber ich hätte doch gern eine Antwort erhalten.

Ich gehe ins Bett, in der Hoffnung, dass Clara auch bald kommt. Aber sie bleibt neben Seberth sitzen, und beide schweigen vor sich hin. Wieder bin ich ein bisschen eifersüchtig auf Seberth und dass sein dämliches Schweigen Clara offensichtlich mehr beeindruckt als mein zugegebenermaßen manchmal genauso dämliches Reden. Ich fühle mich ausgeschlossen und ungerecht behandelt, und als sie kommt, schlafe ich zu allem Überfluss schon und merke es nicht.

16

Mit geschlossenen Augen döse ich im Dämmerlicht des Zelts. Es ist mein Geburtstag. Clara weckt mich, indem sie mir *Happy Birthday* vorpfeift.

»Komm, Frühstück«, sagt sie.

Meine Lust auf Bio-Müsli mit H-Milch hält sich in Grenzen. Ich krieche in mein neues Lebensjahr und sehe als Erstes auf einem Geschirrhandtuch ein festlich gedecktes Büfett. Eine Kerze brennt daneben. Clara hat sie in einen Maulwurfshügel gesteckt. Und auf dem Tuch sind frische Brötchen, ein Glas Nutella und eine Flasche Orangensaft.

»Hey«, rufe ich, »wo hast du das her?«

»Brötchen wachsen dahinten am Waldrand«, sagt Clara, »und Nutella hängt an den Bäumen.«

Ich strahle. Dass Clara meinetwegen schon so früh ins Dorf rennt, rechne ich ihr echt hoch an. Sie schmiert sich sogar auch ein Brötchen mit Nuss-Nugat-Creme, beißt ab und hat einen Schokoladenschnurrbart von einem Ohr zum anderen. Sie schleckt sich die Ecken mit ihrer rosa Zungenspitze ab.

»Herzlichen Glückwunsch zum Geburtstag!«

Ich nicke. »Selber!«

»Das heißt ›gleichfalls‹«, verbessert sie mich. Auch im neuen Lebensjahr scheint Clara unveränderlich – nein, das heißt »unverbesserlich« oder noch genauer: »unverbesserwisserisch« – bleiben zu wollen. Aber damit verdirbt sie mir ihr Geschenk nicht. Ich mache mich über die Brötchen her – und am Ende des Frühstücks ist das Nutella-Glas fast leer.

Leider hält der Tag nicht, was er verspricht. Es geht so weiter, wie der andere Tag aufhörte: Ich sitze mit roten Augen und ausgedörrter Zunge im Gras, schlage nach meinen zerstochenen Beinen – und wenn ich ganz ehrlich bin, hoffe ich, dass heute Nacht einer den Falken abmurkst und uns von dieser lästigen Pflicht befreit. Clara hingegen schaut unverdrossen in die ewige blaue Gleichmut, vor der der Falke steht.

»Wie wär's, wenn wir uns abwechseln. Einer kann schlafen, der andere passt auf den Falken auf«, sage ich.

Wider Erwarten legt sie ihr Fernglas aus der Hand. Ich atme auf.

»Du fängst an«, sagt sie, kippt nach hinten, schließt die Augen und tut so, als ob sie schläft.

So habe ich mir das nicht vorgestellt. Für ein paar Augenblicke betrachte ich Claras schlafverschlossenes Gesicht, das mir in der Dunkelheit des Zelts entgangen ist. Dann heb ich mein Fernglas vor die Augen.

Ich streife über den verlassenen Himmel. Dann habe ich den Falken. Klar und deutlich – wie ein Scherenschnitt. Ich sehe den weißen Brustfleck. Und – plötzlich legt er die Flügel an und stürzt aus dem Himmel auf den Boden zu. Er steigt wieder auf, und jetzt sehe ich ihn zum ersten Mal im Profil. Und da lasse ich vor Überraschung fast das Fernglas fallen. Ich reibe mir die Augen, dann schaue ich erneut. Kein Zweifel.

»Der Falke hat nur ein Auge«, sage ich.

Clara brummt nur schläfrig etwas Unverständliches.

»Was?«, frage ich nach.

»Das ist eine Nickhaut. Wenn Greifvögel schnell fliegen, können sie die über ihre Augen ziehen«, sagt sie langsam und provozierend deutlich.

»Er fliegt nicht schnell«, erwidere ich.

Clara setzt sich auf und tastet nach ihrem Glas. Sie hält es vor ihre Brille und richtet es auf den Himmel. Schaut. Schweigt. Stellt scharf. Schaut.

Ein Gefühl dämmert in mir. Noch ist es diffus und kommt aus der Vergangenheit. Es ist, als ob ein Computer lädt.

»Sieht es aus wie eine Nickhaut?«, frage ich. Und in dem Moment hat sich der Computer in meinem Kopf aufgebaut. Ein Falke mit einem Auge! Das Sinnbild des Gottes Horus! Ich bin so mit meiner Langeweile beschäftigt, dass ich ganz vergessen habe, wieso ich diese Aktion eigentlich mache. Nicht, um mich den Mücken zum Fraß vorzuwerfen, sondern um den Falkengott gegen Seth zu verteidigen.

»Hatte er das schon immer?«, will Clara wissen. Offensichtlich hat sie die Geschichte ihres Talismans nicht so verinnerlicht, dass sie mit meinen Gedanken mitkäme.

»Was hat er schon immer?«, fragt hinter uns eine Stimme. Ich fahre herum. Auch Clara hat nicht gehört, dass jemand gekommen ist.

»Hast du mich erschreckt«, sagt sie.

Es ist Seberth. Entweder hat er sich angeschlichen, oder mein Kopf hat so laut gepocht, dass ich ihn nicht gehört habe.

»Der Falke…«, fange ich an, breche dann aber ab und schaue Clara an. Soll ich Seberth sagen, dass sein Falke der Gott Horus ist? Besser, Clara gibt ihm eine naturwissenschaftlichere Erklärung.

»Was ist mit ihm?«, fragt Seberth.

»…er hat nur ein Auge«, ergänzt Clara meinen Satz.

»Zeig.«

Ich reiche Seberth mein Fernglas. Er dreht am Okular. Wahrscheinlich ist er kurzsichtig. Nach nur flüchtiger Betrachtung schüttelt er den Kopf und gibt mir das Fernglas zurück.

»Da ist nichts«, sagt er.

Ich nehme das Glas, drehe das Okular zurück und schaue hoch. Auch Clara hat ihr Glas vor den Augen, die Stirn in Falten gelegt. Der Falke steht jetzt vor der Sonne. Man kann nicht erkennen, welche Farbe seine Augen haben. Ob Clara ahnt, was ich denke, weiß ich nicht, aber Seberth hat offensichtlich keine Ahnung, was ein einäugiger Falke bedeuten kann.

»Ich dachte, ich komme heute ein bisschen früher und löse euch ab. Dann könnt ihr vielleicht noch schwimmen gehen. Heute ist doch euer Geburtstag, oder?«, fährt er fort.

Wir nicken beide. Ich kann meine Gedanken nicht von dem Mondauge des Falken lösen.

»Verrückt. Beide am gleichen Tag. Jedenfalls herzlichen Glückwunsch!« Er klingt irgendwie nicht herzlich. Nach dem Abend gestern fühle ich mich von Seberth nicht für voll genommen. Als wollte er mir vorführen, was für ein Schwächling ich bin, hält er uns die Hand hin und drückt, als ich sie nehme, so kräftig zu, dass meine Finger alles Blut verlieren. Wir sagen Danke – und das schönste Geschenk ist, dass er meine Hand wieder loslässt.

Wir gehen zu Fuß zum See. Jeder von uns trägt einen Rucksack, in dem ein Handtuch und Badesachen sind. Claras ist ein wasserdichter Fahrradrucksack, meinen hat mir Clara letztes Jahr zu Weihnachten geschenkt. Als sie bemerkte, dass ich ihn mithabe, hat sie sich gefreut. Clara hat ein rotes, dünnes Kleid angezogen, nein, übergezogen. Sie hat es einfach über ihre Armeeshorts drübergestreift und anschließend ihre Hosen ausgezogen. Unter dem Gurt des Rucksacks sind die Kleiderträger verrutscht.

Der Wald ist schattig und die Luft um uns herum grünlich. Es riecht nach Fichtennadel-Schaumbad. Clara geht mit schlenkernden Armen neben mir her. Ich hebe einen Stock auf, säubere ihn von Zweigen und schwinge ihn hin und her. Er könnte ein Wanderstock sein, aber auch ein Schwert. Ich führe einen Schlag durch die Schatten auf dem Weg.

»Clara«, sage ich und weiß nicht genau, wie ich es anfangen soll, den Spuk in meinem Kopf auszusprechen.

»Hhm.« Clara bleibt stehen und pult sich einen Stein aus ihren Sandalen.

»Du hast doch auch gesehen, dass dem Falken ein Auge fehlt?«, versuche ich es mit einer Frage.

»Ja«, sagt sie und nickt.

Clara hat ihre Sohle von allen Kieseln befreit. Wir gehen weiter.

»Weißt du …«, nehme ich Anlauf, breche aber ab.

Die Schatten der Bäume, die ich eben noch mit meinem Stock traktiert habe, schlagen jetzt zurück. Sie greifen mit Hakenkrallen nach uns.

»Was wolltest du sagen?«, fragt sie.

»Schon gut«, wiegle ich ab.

Clara hakt nicht nach. Sie bückt sich erneut und pflückt ein paar Walderdbeeren. Auf einer ausgestreckten, nicht sehr sauberen Hand hält sie mir die Hälfte hin. Sie sind klein, hart und haarig. Ich stecke sie in den Mund. Sie schmecken tatsächlich nach Erdbeeren, aber trockener und viel kräftiger.

»Was ist ›schon gut‹?«, fragt Clara.

Ich werde ihr nicht ausweichen können.

»Horus, der Falkengott, er ist auch einäugig.«

Clara bleibt stehen und schaut mich misstrauisch an. Aber sie lacht mich nicht aus. »Hab ich natürlich auch gleich dran gedacht«, sagt sie. »Aber das ist doch nur eine Sage.«

Es ist natürlich nicht nur eine Sage, für Millionen von Menschen war es eine Religion und ist es sicherlich noch immer für ein paar überspannte Sonderlinge. Aber was sie meint, ist klar. Altägyptische Sagen sind nicht naturwissenschaftlich zu erklären. Erstaunlicherweise kommt Clara mir dennoch entgegen.

»Trotzdem komisch«, findet sie, »so, wie wenn man am gleichen Tag Geburtstag hat.«

Vor uns leuchtet hell das Ende des Waldes.

»Woher weißt du eigentlich das ganze Zeug mit Horus und so?«, fragt sie mich.

Ich nehme noch eine von ihren Erdbeeren. Ich kann auf keinen Fall zugeben, dass ich den halben Sommer vor dem Computer verdaddelt habe. »Na ja, du weißt, dass ich mich für Geschichte interessiere«, sage ich.

»Jedenfalls, wenn Blut fließt«, stichelt sie zurück.

Wir haben das Ende des Waldes erreicht und treten

ins Licht. Der Sommer hat das Land fest im Griff, im nächsten Moment fange ich an zu schwitzen.

Der Weg ist staubig und führt an Obstwiesen mit Apfel-, Birn- und Kirschbäumen vorbei. Clara bleibt stehen. Gurken und Salat wachsen in einem Beet zwischen Blumen. Das Gras ist frisch geschnitten. Zwischen den Bäumen liegen Heuhaufen. Man hört jetzt die Geräusche vom See. Er muss hinter der nächsten Kurve liegen.

17

Der See ist nicht schlecht, obwohl das Wasser kaum kühlt. Kleine Wellen huschen kabbelig übereinander. Ein irres Blitzen und Blinken. Von einem fahrenden Eismann kommt Musik. Ein feinsandiger Strand führt in den See. Eine Menge Leute sind da. Kinder schreien und pinkeln ins Wasser. Ich finde, der See stinkt. Clara steckt vorsichtig ihren Zeh hinein – er fällt nicht ab.

Sie zieht aus ihrem Rucksack einen schwarzen Bikini. Ich schaue schnell zu den pinkelnden Kindern, um ihr nicht beim Ausziehen zuzusehen. Aber es wäre nicht nötig gewesen. Aus den Augenwinkeln sehe ich, wie Clara es schafft, ihren Bikini anzuziehen und ihr Kleid abzustreifen, ohne auch nur einmal nackt zu sein. Dann geht sie, ohne zu zögern, ins Wasser. Ich beeile mich, ebenfalls in meine Badeshorts zu kommen, und plansche ihr spritzend hinterher, hole sie auf Hüfthöhe ein und will so dicht an ihr vorbeilaufen, dass sie kreischen muss. Aber da lässt sie sich schnell ganz ins Wasser gleiten, taucht und kommt erst eine Minute später wieder an die Oberfläche. Die Haare kleben an ihrem Kopf wie ein nasses Tuch.

Wo der Strand ins Wasser führt, ist der See zunächst hellblau wie im Pool. Das sieht wie in einem Mittelmeer-Katalog aus. Später wird er dunkel, und es ist ein wenig unheimlich, nach dem hellen Wasser über der schwarzen Tiefe zu schwimmen, wo man den Grund nicht sieht.

Nach dem Baden liegen wir beide auf unseren Handtüchern. Clara hat die Sache mit Horus und unserem Falken nicht wieder angesprochen. Und ich will sie nicht damit nerven. Jetzt, hier, im Sommerlicht, ist es abwegig zu denken, ein alter Falkengott rüttelt über dem Berg.

»Wie hieß der Gott der Finsternis noch?«, höre ich neben mir. Ich blinzle gegen die Sonne zu Clara hinüber und sehe Wassertropfen auf ihren braunen Schultern funkeln.

»Seth. Wieso?«

»Wie Seth wohl aussieht?«

Ich blicke sie misstrauisch an. Will Clara andeuten, dass sie glaubt, dass unser Falke Horus ist?

»Er sieht keinem Tier ähnlich. Ein bisschen wie ein Mischmasch aus Gürteltier und Ameisenbär«, brumme ich und versuche, nicht zu interessiert zu klingen.

»Dann sieht er nicht gar keinem Tier ähnlich, sondern gleich zweien«, korrigiert mich Clara.

»Manno. Er ist eben nicht richtig einzuordnen«, sage ich, etwas unwirsch über ihre Erbsenzählerei.

»Klar, weil das Böse keine Gestalt hat. Deshalb ist er für die Finsternis zuständig«, gibt Clara zurück.

Ich blicke sie stutzig an.

»Weil die keine Umrisse hat«, erklärt sie.

Clara ist nicht nur spitzfindig, sie schüttelt auch die besten Erklärungen locker aus dem Handgelenk, als wäre alles klar wie Kloßbrühe.

»Wieso willst du wissen, wie Seth aussieht?«, frage ich.

Clara setzt sich auf. »Mal angenommen, unser Falke ist Horus. Dann wäre es gut zu wissen, woran wir Seth erkennen, wenn auch er sich zeigt.«

Ich atme tief aus. »Und was sollen wir dann tun, wenn er auftaucht?«

Clara rollt mit den Augen.

»Du bist doch für die Rittergeschichten zuständig«, sagt sie, ohne dass es böse klingt.

Aber leider habe ich keine Idee, wie man jenseits eines Computerspiels die Mächte der Finsternis zurückschlagen soll.

»Womit fangen Wilderer denn eigentlich Falken?«, frage ich.

»In Fallen. Sie setzen einen Vogel zwischen Drahtschlingen, der Falke kommt, tötet den Vogel, verheddert sich aber in den Schlingen«, antwortet sie, und auf ihrer Stirn steht eine senkrechte Falte.

»Nicht sehr ritterlich«, sage ich.

»Nein!« Clara schüttelt zornig den Kopf und lässt mir ihre nassen Haare um den Kopf flattern.

»Die Falken verenden dort elend, oder sie brechen sich die Beine. Und die Angst muss fürchterlich sein.« Sie ist richtig böse.

Eine Weile liegen wir still nebeneinander und lassen uns von der Sonne garen. Ich hoffe, dass Clara noch mal etwas zum Horus-Thema sagt und nicht nur über die Falkenjäger, warte aber vergeblich. Und als sie dann doch den Mund aufmacht, geht es nicht um den Falken, sondern um mich.

»Du hast ganz schön viele Mückenstiche.«

Zum ersten Mal freue ich mich nicht, dass ich

Thema eines Gesprächs werde. »Halb so schlimm«, sage ich.

Clara grinst gar nicht mitleidig. Wir dösen ein bisschen. Langsam verdränge ich das Durcheinander in meinem Hirn.

»Jetzt waren wir doch noch an unserem Geburtstag zusammen baden«, sage ich mit geschlossenen Augen.

Am Rascheln auf dem Handtuch neben mir höre ich, dass Clara im Liegen nickt. Über meiner Haut trocknet eine zweite aus Chemie, Kinderpipi und Jauche.

»Heute wäre duschen nicht schlecht«, sage ich.

»Wir haben doch gerade gebadet«, gibt Clara zurück. Ihre Stimme ist langsam und schläfrig.

»Ja, aber worin?«, sage ich.

»Hmhm«, murmelt Clara und schläft, glaube ich, ein.

18

Für den Rückweg kaufe ich uns ein Eis. Schokolade für mich, Clara nimmt Erdbeer. Wir gehen wortlos bis zu den Obstwiesen. Dann ist auch die Waffel verputzt. Ich fühle mich klebrig, aber zufrieden.

In der Kurve, die zu unserem Waldweg führt, entdecke ich ein weiteres Schild, das auf unsere Burgruine hinweist, halb von Hopfen und Efeu zugewachsen. Man sieht es nur, wenn man bergan geht. Ich bleibe stehen und halte ein paar Blätter hoch, um lesen zu können, was daraufsteht. Und was ich lese, jagt mir fast einen Schreck ein. Die Burg ist eine alte Hohenstauferburg, die seit dem Tod Friedrichs II. verfällt. Ich kann es nicht fassen, wie die Geschichte, die ich immer nur gespielt habe, sich auf einmal um mich schließt. Ein einäugiger Falke und eine Burg, die einmal Friedrich II. gehört hat!

Clara ist schon vorausgegangen, und ich bin auf einmal allein und höre nur die Blätter um mich herum rascheln. Ich würge den Kloß im Hals hinunter und spurte hinterher. Dann gehen wir im Gleichschritt weiter.

»Was stand da?«, fragt sie.

»Weißt du, wer Friedrich II. war?«, frage ich. Clara blickt mich neugierig an und schüttelt den Kopf. Ich erzähle ihr von seinem Kreuzzug nach Ägypten und dass er, statt zu kämpfen, seine Ziele durch einen Friedensschluss erreicht hat, was Clara ziemlich für ihn einnimmt. Dann berichte ich von seiner Freundschaft mit dem Sultan und dass er mit einem Falken aus Ägypten zurückgekommen ist, über ihn ein Buch geschrieben hat und dass viele Leute glauben, dass er seinen Tod nur vorgetäuscht und sich nach Ägypten abgesetzt hat.

»Und das ist seine Burg?«, fragt Clara.

Ich nicke. Was ich ihr nicht erzählt habe, ist, dass in dem Computerspiel Friedrich II. für Horus kämpft. Deshalb sieht es für sie wie ein weiterer Zufall aus, dass nach dem einäugigen Falken auch Friedrich II. hier vor Ort ist. Mir hingegen erscheint es fast zwangsläufig. Meine Fantasie hat mich eingeholt.

»Meinst du, der Sultan hat Friedrich II. unseren

einäugigen Falken geschenkt?«, fragt Clara plötzlich. Ich versuche, Spott aus ihrer Frage herauszuhören, aber sie ist ernst gemeint. Der Berg wird jetzt steiler. Ich schnaufe ein bisschen, um überlegen zu können, wie es zusammenhängen könnte. Ganz offensichtlich können beide Geschichten nicht so viel miteinander zu tun haben, denn sie sind ja nur in meinem Computerspiel und deshalb in meiner Fantasie verknüpft.

»Na, Friedrich II. hat vor achthundert Jahren gelebt«, sage ich und tue halb amüsiert, als wäre ich nie auf Claras Frage gekommen. »Und das mit dem einäugigen Falken ist noch mal mehrere Tausend Jahre her. Kein Falke lebt so lange.«

Am anderen Ende der Obstwiese verspritzt eine Sprenganlage Wasser über die Rabatten.

»Falken nicht, aber Götter leben ewig«, antwortet Clara und bleibt stehen. Hier ist der Weg in einem großen Halbkreis nass von der Sprenganlage.

»Du wolltest doch duschen«, bricht sie das Gespräch mit einer Leichtigkeit ab, als ginge es um nichts. Sie hat also doch noch gehört, was ich am See gesagt habe, bevor sie eingeschlafen ist. Sie wendet ihr Gesicht und ihren ganzen Körper dem Beet zu. Man hört, wie der Wasserstrahl angetickt kommt. Er pladdert auf Salatblätter. Dann prasselt das Wasser auf uns. Im Gegensatz zu dem des Sees ist es eiskalt. Ich springe vor Schreck zurück. Clara lacht.

»Also duschen wir«, sagt sie. Als der Wasserstrahl das nächste Mal kommt, läuft Clara mit ihm mit. Um nicht als Feigling dazustehen, halte ich mein linkes Bein in den künstlichen Regen.

»Komm schon, Jan!«, ruft mir Clara zu und zieht sich das Kleid über den Kopf. Sie trägt darunter noch ihren Bikini. Und ich habe noch meine Badeshorts an. Das T-Shirt reiße ich mir im Laufen runter. Auf Höhe der Mohrrüben hole ich Clara ein. Sie kauert auf der Erde wie eine Sprinterin beim Start. Dann kommt der Strahl. Wir laufen mit ihm mit, treten immer zwischen die Pflanzreihen. Das Wasser platscht auf uns. Nur unsere Füße werden nicht sauber. Die Erde spritzt hoch, und in dem aufgeweichten Boden versinken wir bis zu den Knöcheln. Es fühlt sich eklig an, wenn der Schlamm zwischen den Zehen hindurchquillt, aber es macht einen Mordsspaß. Als wir das ganze Feld abgelaufen und wieder bei unseren Rucksäcken sind, ziehen wir die Sachen über unsere nassen Körper. Die Sonne verdampft die Feuchtigkeit im Nu, und nach der halben Strecke im Wald ist auch der Schlamm an unseren Waden trocken, und wir können ihn abkratzen.

Wir erreichen unser Camp wieder. Auf Seberths VW-Bus trommelt die Sonne, aber er selbst ist nirgends zu sehen, was mir auch ganz recht ist. Ich setze mich und lege den Kopf in den Nacken, um nach dem Falken zu schauen. Und in dem Moment erblicke ich den Mann. Ich sehe ihn nur den Bruchteil einer Sekunde, aber doch so deutlich wie unser Zelt oder Clara und nicht als verwischten Schatten, wie in jener Nacht nach dem Vortrag. Er trägt ein blaues Hemd, hat schwarze Haare und läuft zwischen den Bäumen hindurch. Mein Herz setzt kurz aus. Der Mann aus dem Naturkundemuseum ist uns bis hierher gefolgt! Ruckartig springe ich auf die Beine und drehe mich um. Jetzt ist er verschwunden.

Clara lacht: »Hat dich eine Bremse gebissen?«

Ich starre auf sie hinab. Mein Gesicht muss meinen Schrecken verraten, denn sie hört auf, in ihrem Kulturbeutel herumzukramen.

»Da war er!«, stoße ich hervor.

»Wer?«, fragt Clara. Ich sehe ihr an, dass sie bereits ahnt, was ich gleich sagen werde.

»Der unheimliche Typ vom Naturkundemuseum«, sage ich. Und dabei durchfährt mich der Gedanke, dass wir eben noch im Spaß gesagt haben, Seth wird kommen.

Clara blickt nervös um sich. »Wo denn? Ich sehe nichts«, sagt sie, aber ihre Stimme hat den Gleichmut verloren.

»Er versteckt sich«, sage ich.

Clara wischt sich Zahnpasta aus den Mundwinkeln.

»Und jetzt?«, fragt sie.

»Ich weiß nicht. Wo ist Seberth?«, gebe ich zurück.

»Bei der Ruine vielleicht?«, sagt sie. Clara blickt mich ratlos an. Dann steht sie auf und geht zu unserem Zelt. Sie legt sich bäuchlings hin, und ich sehe nur ihre Beine.

»Was machst du?«, frage ich.

»Mein Handy«, gibt sie zurück.

Während sie halb im Zelt steckt, suche ich mit dem Fernglas den Wald ab. Mein Blick gleitet eilig über die Stämme. Seberth ist nicht zu entdecken. Kurz sehe ich zwischen zwei Tannen etwas blau schimmern. Ich schwenke mit dem Glas zurück. Dann habe ich den Mann wieder. Er kauert auf der gegenüberliegenden Seite der Lichtung, dort, wo die Burgruine und der Falkenhorst liegen. In seiner Hand hält der Mann ebenfalls ein Fernglas. Das Glas verdeckt sein halbes Gesicht. Aber man erkennt sein schwarzes, glänzendes Haar und die bronzene Haut. Er starrt in den

Himmel. Ich folge seinem Blick. Er beobachtet den Falken.

Clara kommt vom Zelt zurück. Ich lasse mich auf den Boden sinken und gebe ihr ein Zeichen, es mir gleichzutun. Clara versteht und legt sich flach hin. Durch das hohe Wiesengras geschützt, krieche ich zu ihr.

»Er ist da drüben, bei der Ruine.« Ich reiche Clara das Fernglas. Sie nimmt es und richtet sich vorsichtig auf. Sie dreht am Okular, um das Bild scharf zu stellen. Vielleicht ist nicht Seberth kurzsichtig, sondern ich bin derjenige, der mal zum Augenarzt müsste. Clara mit ihrer Brille ist ja über alle Zweifel erhaben.

»Was ist mit Seberth?«, flüstere ich.

»Er hat nicht abgenommen. Nur seine Mailbox«, raunt Clara zurück.

»Hast du ihm was draufgesprochen?«

»Was denn? Er hat ihn doch wahrscheinlich schon selbst gesehen.«

»Hast du die Polizei angerufen?«, flüstere ich, während sie den Wald absucht.

Clara verharrt mitten im Schwenk. Offensichtlich hat sie den Mann entdeckt.

»*Wir* sind doch die Falkenpolizei!«, stellt sie fest.

Ich erinnere mich, dass ich genau das gedacht habe,

als Seberth im Naturkundemuseum von den Handys und der Polizei erzählt hat. Aber jetzt, nachdem der Falke wie Horus aussieht und die Burg Friedrich II. gehört hat, sieht die Welt ganz anders aus. Mein Mut hat sich in Luft aufgelöst.

»Aber Verstärkung wäre nicht schlecht«, versuche ich es nochmals.

»Noch hat er doch gar nichts gemacht«, kommt es zurück. Ich verstehe nicht, warum sie sich gegen jede Vernunft sperrt.

»Er versteckt sich«, sage ich.

»Das tun wir auch!«, gibt sie zurück. Clara ist manchmal eine echte Zicke.

»So sieht Seth also aus«, sage ich, um sie herauszufordern und auf die richtige Spur zu bringen. Aber sie bleibt ganz in der Wirklichkeit.

»Gar nicht wie ein Ameisenbär«, kontert sie.

»Und wenn er es doch ist?«, flüstere ich.

Sie blickt mich argwöhnisch an. »Dann können wir das der Polizei unmöglich sagen«, erwidert sie. Damit hat sie wohl recht. »Wir müssen versuchen, in seinen Rücken zu gelangen. Er weiß jetzt, wo wir sind, und kann uns beobachten. Wir müssen den Spieß umdrehen. Er darf nicht wissen, wo wir sind. Dann können wir ihn beschatten«, übernimmt sie das Kommando.

Und obwohl es mir schwerfällt, das zuzugeben, muss man ihr lassen, dass sie entschlussfreudig ist.

»Ich schleiche mich von links, du dich von rechts an«, bestimme ich und füge hinzu: »Nimm das Handy mit!«

Clara nickt, und dann verschwindet sie wie eine Schlange durch das hohe Gras. Ich robbe in meine Richtung davon. Meine Ellenbogen schmerzen schon nach wenigen Metern, und die Gräser werfen ihre Samen auf mich. Es juckt, und es ist heiß, und die Wiese riecht nach Natur. Für einen Moment zögere ich. Wenn dieser Mann den Auftrag hat, den Falken zu rauben, dann ist er bestimmt auf Widerstand vorbereitet. Vielleicht hat er eine Pistole, bestimmt aber hat er Geräte, um den Falken zu fangen, auch wenn Clara sagt, dass man dafür nur Drahtschlingen auslegt. Doch Bangemachen gilt jetzt nicht. Ich kann Clara unmöglich alleine lassen. Sie macht hundertprozentig nicht kehrt. Mit der rechten Hand fasse ich in eine Brennnessel. Vor Schmerz schreie ich kurz auf. Aber sofort beiße ich mir auf die Zunge und presse mein Gesicht in die Grasnarbe. Meine Hand überzieht sich so schnell mit einem roten Ausschlag und weißen Bläschen, dass ich dabei zuschauen kann. Sie sieht aus wie eine aufgeblasene Erdbeere.

19

Ich pirsche mich in den schwarzen Schatten der Bäume vor. Vorsichtig hebe ich den Kopf über die Halmspitzen. Den Mann sehe ich nicht. Ich ziehe mich noch ein paar Meter vorwärts und kriege einen dicken Knüppel in die Finger. Er sieht zwar nicht gerade nach einer Streitaxt aus, aber er ist besser als gar nichts. An dem Stock ziehe ich mich hoch auf die Knie. Und da höre ich Claras Schrei. Es ist ein spitzer Schrei, und obwohl er aus dem Wald kommt und klingt, als sei er sehr weit weg, ist er laut und markerschütternd. Sie muss in großer Angst geschrien haben. Ich springe auf und renne los. Mit dem Knüppel in der Hand presche ich durch das Unterholz.

»Clara? Clara!« Keine Antwort. Im Lauf versuche ich, den Fremden zu entdecken, und achte nicht auf den Weg, stolpere, fange mich an einem Dornenstrauch ab, bohre mir die von der Brennnessel verbrannte Hand blutig, heule auf und renne weiter. Ich bin jetzt bei der Burgruine. Von Clara ist nichts zu sehen. Ich laufe zu der Stelle, wo der Falke wohnt. Nichts. Aber unter mir, in dem Raum, der vielleicht die Küche gewesen ist, liegt Claras Fernglas. Ich springe hinab. Der Boden ist moosüberwachsen und sehr weich. Das Fernglas liegt direkt neben einer kleinen Ummauerung. Wahrscheinlich war hier einmal eine Feuerstelle.

»Clara!«, brülle ich. Und diesmal höre ich etwas. Keine Antwort, eher so etwas wie ein Echo. Und es kommt auch nicht aus dem Wald, sondern aus der Erde. Ich bücke mich. Noch einmal rufe ich ihren Namen. Und wieder höre ich die hallende Stimme. Diesmal meine ich, meinen Namen zu verstehen. Er kommt direkt zwischen meinen Händen aus der Erde empor. Ich ziehe das Gras zwischen den Steinen auseinander. Ein Loch kommt darunter zum Vorschein, etwa doppelt so groß wie ein Fußball. Und dieses Loch führt direkt durch die Erdkruste hindurch in ein schwarzes Nichts. Ich halte meinen Mund an die Öffnung und schreie: »Clara!«

»Ich bin hier unten«, kommt es zurück. Ihre Stimme hört sich an, als ob sie in einem Tunnel oder einer Kirche steht.

»Alles klar?«, frage ich.

»Geht so. Mein Bein tut weh.«

»Wie tief geht es da runter?«

»Keine Ahnung. Tief. Ich kann ja nichts sehen.«

»Ich hol dich da raus!«, rufe ich. »Ich komme gleich wieder!« Dann springe ich auf und renne durch das Unterholz, das Dornengestrüpp und die Brennnesseln zurück zu unserer Lichtung. Ich rufe nach Seberth, der sich nicht blicken lässt, was ihm böse Flüche von mir einbringt. Dann krieche ich ins Zelt, reiße meine Überlebenstasche aus dem Kopfteil meines Rucksacks und hänge sie mir um die Schulter. Ich laufe zum VW-Bus, öffne die Heckklappe und wühle Seberths Hosen, Hemden und Bücher durch, finde aber nur seine Taschenlampe, die ich wieder reinwerfe. An die habe ich ja selbst gedacht. Dann kriege ich zwischen Warndreieck und Wagenheber das Abschleppseil in die Hände. Das habe ich gesucht.

Ich folge meiner eigenen Spur durch den Wald zurück zum Loch. Ich laufe zum nächsten Baum, einer Eiche, und binde das Abschleppseil daran fest, ziehe den Knoten stramm und haste wieder zum Loch. Dort binde ich die Taschenlampe an dem anderen Ende des Seils fest und knipse sie an. Während das Seil hinabgleitet, rufe ich in das Loch: »Bist du noch da?«

»Hier kann man nicht weg.« Claras Stimme klingt dumpf.

»Doch, doch!«, rufe ich. »Hier kommt der Fahrstuhl.« Ich werde Clara retten. Im vorweggenommenen Stolz über meine Tat komme ich mir in diesem Augenblick wie Friedrich und der Sultan in einer Person vor. Schnell lasse ich das Lasso weiter hinab. Dann ist alles in dem Loch verschwunden.

»Knote das Seil um deinen Bauch!«, rufe ich hinab und schlinge es mir selbst um den Körper. So habe ich es in Bergsteigerfilmen gesehen. Ich weiß zwar nicht genau, wozu das gut sein soll, denn der Baum als Sicherung reicht ja völlig, aber irgendeinen Sinn muss es ja wohl haben, und es sieht ziemlich cool aus, so breitbeinig am Loch zu stehen und locker mit dem Seil um die Hüften zu schaukeln.

»Okay«, kommt es von unten.

»Und los«, sage ich. Und in dem Moment strafft sich das Seil in meiner Hand. Ich bin so überrascht, dass ich loslasse. Da ich es aber um den Bauch gewickelt habe, reißt es mich einen Schritt nach vorn. Einen Schritt zu viel. Denn vor mir ist das Loch. Ich verliere den Halt und stürze mit den Beinen voran der Seilspannung hinterher. Die Erde schluckt mich. Hier ist es schwarz und kalt. Meine Überlebenstasche fällt in die Tiefe. In Panik greife ich nach dem Strick. Ich fange meinen Fall auf. Ich höre meine Taschenlampe über den Boden kullern.

»Was machst du?«, ruft Clara von unten.

Ich hänge mit beiden Armen am Seil. Im Fernsehen habe ich oft gesehen, wie Polizisten am höchsten Haus von New York baumeln und sich nur noch mit einer Hand festhalten, weil die andere zerschossen ist. Aber ich schwöre, ich werde alle Filme an dieser Stelle in Zukunft abschalten. Selbst mit zwei Armen kann man sich kaum festklammern.

»Ich dachte, du wolltest mich hochziehen«, höre ich Clara von unten. Ein Lichtschein flackert durch die Nacht um mich. Ich blicke hinab. Clara hat meine Lampe aufgehoben und leuchtet zu mir hinauf.

»Zieh dich bloß wieder hoch!«, ruft sie. Sie hat gut reden. Meine Arme sind jetzt schon einen Meter lang. Ob ich mit meinen lang gezogenen Armen mit einer Hand an die Lochöffnung fassen kann? Aber ich traue mich nicht, loszulassen. Also rutsche ich langsam immer weiter das Seil hinunter. Erneut bricht mir der Schweiß aus. Aber diesmal ist er kalt, so kalt wie die Luft in dem Loch.

Die Hand, mit der ich mich an der Brennnessel verbrannt habe, tut nun von innen fast so weh wie von außen. Ich bin das ganze Seil hinabgerutscht. Meine Füße stoßen auf den Boden. Ich stehe. Schweißtropfen brennen mir in den Augen. Clara sitzt auf dem Boden und leuchtet mich an. Ich kann ihr Gesicht nicht sehen.

»Von Hochziehen war nie die Rede«, sage ich. »Ich dachte, du wolltest hochklettern.«

»›Fahrstuhl‹ hast du gesagt!«, gibt sie zurück. Eigentlich müsste sie schreien, aber ihre Stimme ist ganz leise. Und es stimmt, »Fahrstuhl« habe ich gesagt.

»Ich hab mir das Bein verletzt. Ich kann nicht hoch. Nicht alleine. Du musst hochklettern und mich rausziehen«, sagt Clara. Sie hat beim Sturz ihre Brille verloren. Die Glassplitter glänzen auf dem Boden wie Edelsteine.

»Ich kann auch nicht hoch«, hätte ich jetzt sagen müssen, »auch nicht mit zwei gesunden Beinen.« Aber sich selbst so zu blamieren, ist natürlich ausgeschlossen. Ich weiß, dass ich Mist gebaut hab, und versuche mit Mitgefühl davon abzulenken. »Tut dein Bein sehr weh?«, frage ich.

»Ja. Und mir ist kalt.« Sie hat recht. Es ist tatsächlich sehr kalt. Dazu kommt die Nässe, die einem die Kälte durch die Haut hindurchjagt. Außerdem tragen wir beide nur dünne Sommersachen.

»Ich lass dich jetzt nicht allein«, sage ich. Die ganze Hoffnungslosigkeit der Situation wird mir bewusst. Unserer Situation im Allgemeinen, aber auch meiner im Besonderen, denn ich habe es verbockt und kann es nicht wiedergutmachen.

»Red doch keinen Scheiß, Jan. Wenn du nicht hochkletterst, sind wir verloren«, sagt Clara. Sie schimpft immer noch nicht, und das ist das bedenklichste Zeichen.

»Wo ist meine Tasche?«, frage ich. Clara lässt sich ablenken. Der Lichtkegel flackert durch die Dunkelheit, aber er erhellt nichts. Es ist stockschwarze Nacht, und die Höhle scheint endlos zu sein. Dann erfasst der Lampenschein mein Überlebenspaket. Ich hebe es auf und fühle, dass die Steine unter mir nass und glitschig sind. Dann kommt mir die rettende Idee.

»Du hast doch das Handy. Ruf einfach Seberth an, dass er uns hier rausholt«, schlage ich vor. Die meisten Lösungen sind immer ganz einfach.

In dem gelben Licht der Taschenlampe sieht Clara aus wie ein Gespenst. Sie bleckt die Zähne.

»Hier unten hat das Handy kein Netz«, gibt sie müde zurück.

»Wo sind wir denn hier eigentlich?«, frage ich und versuche meine Stimme fröhlich klingen zu lassen.

Ich habe natürlich genau solche Angst wie Clara, hier unter der Erde zu verenden. Aber weil man ihr so deutlich anmerkt, wie schlecht es ihr geht, tue ich so, als sei alles halb so schlimm. Diesmal antwortet Clara nicht mehr. Sie schüttelt nur den Kopf, komplett mattgesetzt. Ich glaube, so niedergeschlagen habe ich sie noch nie gesehen. Ich nehme ihr die Taschenlampe aus der Hand und leuchte noch einmal um mich. Der Lichtstrahl wird vom Dunkel verschluckt. Ich halte die Lampe vor mich und taste durch die Schwärze vorwärts. Clara sitzt unter dem Loch. Schon nach wenigen Schritten fühle ich mich so verloren, als wäre ich alleine auf der Welt. Die Nacht hier unten schließt sich wie ein Ring um meinen Körper.

Clara war hier schon viel länger als ich allein. Kein Wunder, dass sie fix und fertig ist.

Der Lichtkegel wird plötzlich größer. Ich habe das Ende der Höhle erreicht. Vor mir ist eine Wand. Ich gehe weiter, bis ich direkt davorstehe. Dann fasse ich sie an. Sie ist nass wie der Fußboden. Ich taste sie ab. Irgendetwas irritiert mich. Und dann weiß ich, was es ist. Es ist eine gemauerte Wand, sie ist eben, und ich kann die Fugen fühlen. Ich drehe mich um und leuchte zurück. Clara kann ich nicht sehen.

»Clara?«, frage ich.

»Was?«, kommt es unsichtbar zurück.

»Das ist keine Höhle. Das ist ein Keller. Wir sind in einem Kellergewölbe der Hohenstaufenburg.«

»Kannst du nicht bitte mit deinem Rittergequatsche aufhören, wenn du schon nicht wieder hochklettern kannst«, sagt sie schwach.

Sie hat gemerkt, dass ich ihr die ganze Zeit ausgewichen bin. Ich rette mich in Erklärungen.

»Es gibt einen Unterschied zwischen einer Höhle und einem Keller. Den Keller haben Menschen gemacht. Und die müssen hier wieder irgendwie rausgekommen sein. Wir müssen nur den Ausgang finden.«

»Aber einen Ausgang würde man sehen. Licht würde man sehen.« Man muss leider sagen, dass Clara sich mit Ritterburgen nicht sonderlich gut auskennt. Sonst würde sie eine Ahnung davon haben, wie verzweigt solch ein Kellersystem sein kann. Und sie würde wissen, dass es einen Notausgang gibt, für den Fall, dass die Burg belagert wird oder dass ein Kaiser wie Friedrich II. seinen Tod nur vortäuscht und durch einen geheimen Ausgang flieht.

»Vertrau mir«, sage ich.

Clara sagt nichts.

»Kannst du laufen?«, frage ich.

»Nicht gut«, antwortet sie.

»Ich stütze dich.« Ich bin jetzt wieder bei ihr und leuchte sie an. Clara zieht sich an mir hoch. Ihre Hände sind grabeskalt.

»Wir gehen einfach an den Wänden lang, immer geradeaus, bis wir rauskommen«, sage ich.

Sie nickt. Ich spüre, wie sich ihr durchgefrorener Körper bewegt.

20

Bei jedem Schritt krampft sich Claras Eishand um meinen Oberarm. Das Laufen muss ihr sehr wehtun. Meine Körpertemperatur hat sich der Umgebung angeglichen. Alles in mir ist unterkühlt. Zu der Kälte kommt noch die Feuchtigkeit. Ich fühle mich klamm und zusammengezogen.

Wir erreichen die gemauerte Wand. Jetzt geht Clara hinter mir. Sie stützt sich auf meine Schulter, um ihr verletztes Bein zu entlasten. Meter um Meter schieben wir uns an den glitschigen Mauersteinen entlang. Irgendwo vor uns hört man Wasser tropfen. Das Echo vervielfältigt sich unheimlich. Ich mache mir Sorgen um unsere Taschenlampe und hoffe, dass die Batterie durchhält. In dem Moment verliere ich die Balance. Clara lässt gerade noch rechtzeitig los, um nicht von mir mitgerissen zu werden. Beim Sturz entgleitet mir die Taschenlampe und scheppert auf den Boden. Sie kullert ein paar Meter weiter. Ihr Lichtschein flackert irr durch die Höhlennacht. Ich liege in einem Haufen aus spitzen, kantigen Teilen. Es fühlt sich an wie Stöcke. Auf den Knien rutsche ich zur Taschenlampe und leuchte den Boden ab. Was ich sehe, lässt mein Blut gerinnen. »Ach du Scheiße!«, sagt Clara.

Gleich der erste Lichtstrahl hat einen Totenkopf angeleuchtet. Er liegt mit einem Berg anderer Knochen an der Wand. Aber als wäre es nicht schon eklig genug, mit einer Bauchlandung in einen Haufen Gebeine gestürzt zu sein, sieht dieser Schädel aus wie der Kopf eines Monsters. Er ist doppelt so groß wie ein Menschenkopf. Riesige Zähne ragen aus den weißen Kieferknochen. Die Augenhöhlen liegen sehr weit auseinander und glotzen mich aus ihrer toten Leere unheimlich an.

»Ein Bär«, sagt Clara.

Ich rapple mich auf.

»Siehst du!«, sage ich triumphierend.

»Was denn?«

»Es muss einen Ausgang geben. Irgendwie muss der Bär ja hier reingekommen sein!«

»Und wieso ist er dann nicht wieder rausgegangen?«, gibt Clara matt zurück.

»Vielleicht war er krank oder sehr alt.« Ich nage an meiner Unterlippe. Mir wird klar, dass dieses Abenteuer gewaltig in die Hose gehen kann.

Wir machen einen Bogen um den Knochenhaufen und tasten uns durch die Dunkelheit wieder bis an die Wand und gehen weiter. Nach kurzer Zeit stoßen wir auf einen gemauerten Sockel. Wir haben den ersten Raum durchschritten. Vor uns öffnet sich ein Gang, der leicht bergab führt.

»Wie lange der hier wohl schon liegt?«, frage ich nach einer Weile.

»Der Bär?«, fragt Clara zurück.

»Ich meine, wie lange gibt es schon keine Bären mehr in Deutschland?«

»Es gibt ja welche. Aber die werden genau beobachtet und verschwinden nicht einfach so in Höhlen.«

Mein Fuß tritt erneut ins Leere. Aber diesmal bin ich auf der Hut. Ich habe vorher gemerkt, dass sich die Struktur der Wandsteine verändert hat. Sie sind kleiner geworden.

»Vorsicht, Stufen!«, sage ich und leuchte vor Clara auf den Boden, damit sie nicht stürzt.

»Das schaff ich nicht, Jan«, sagt sie.

»Ich helfe dir«, sage ich und lege die Taschenlampe so auf den Fußboden, dass ihr Lichtschein die Treppe trifft. Im Dunkeln taste ich nach Clara. Ich fühle ihre eisige Schulter, dann ihren Bauch und ihre Hüften. Ich hebe sie hoch. Clara ist nicht besonders schwer. Vorsichtig trage ich sie die Treppe hinunter. Während ich auf meine Füße im Lichtschein achte, erkenne ich deutlich, dass die Batterie schwächer wird.

»Trag mich aber bloß nicht über eine Schwelle«, flüstert sie. Ich grinse mit zusammengepressten Zähnen.

»Zu spät!«, sage ich.

»Auch das noch«, kommt es zurück.

Ich schätze, dass die Taschenlampe nur noch wenige Minuten brennen wird. Dann wird uns die Dunkelheit verschlucken. Ich trage Clara weiter um die Kurve, bis meine Arme schmerzen und wir kein Licht mehr haben. Dann setze ich sie ab.

»Wenn du willst, kannst du mich weitertragen«, sagt sie. »Klar, logo«, antworte ich, noch außer Puste. Nie im Leben kann ich das. Aber was soll ich sonst sagen? Ich laufe zurück und die Treppe wieder hoch und hole die Taschenlampe.

»Komm, ich stütze dich«, sage ich, als ich wieder bei Clara bin. Gerade als ich ihr aufhelfen will, höre ich ein Geräusch. Auch Claras Griff in meine Schulter wird fester.

»Was ist das?«, frage ich.

Es wiederholt sich und klingt im Echo der Gänge wie Regen.

»Psst!«, zischt sie.

Wir lauschen beide in die Schwärze. Das Geräusch wird lauter.

»Schritte«, flüstert Clara kehlig. »Sie kommen näher.«

Tatsächlich macht es das Echo zunächst schwer, festzustellen, aus welcher Richtung die Schritte kommen, aber dann ist der Abstand zwischen den tapsenden Geräuschen deutlich zu hören. Sie kommen von vorn.

»Meinst du, hier leben doch noch Bären?« Und auf einmal ist mir vor Angst so heiß, als ob ich in der prallen Sonne stünde.

»Mach die Lampe aus«, haucht Clara.

Ich knipse das Licht aus. Die Dunkelheit schließt sich um uns, als wären wir lebendig begraben. Ich bücke mich und taste auf dem Boden herum. Vielleicht finde ich etwas, um uns zu verteidigen. Vielleicht liegt ja hier noch ein Bärenskelett, und ich erwische einen langen Knochen. Zur Not werde ich mit der Taschenlampe zuschlagen.

Die Schritte kommen näher.

»Kein Bär«, raunt Clara. Nein, es sind Menschenschritte.

»Vielleicht ist es Seberth«, sage ich, ohne es selbst zu glauben. Ich finde nur die Leere des Fußbodens, richte mich auf, drücke Clara die Taschenlampe in die Hand und flüstere: »Kurz bevor er uns sieht, musst du ihm ins Gesicht leuchten. Dann ist er geblendet, und ich renne ihn um.«

Ich hoffe, dass Clara das ohne Brille schafft.

Ganz schwach sieht man jetzt einen Streifen Licht. Wer immer da kommt, er hat eine Lampe.

Jetzt sieht man das nervöse Zucken des Lichtes an der Wand. Vor uns muss eine Kurve liegen, sonst hätte man das Licht schon früher gesehen. Die Taschenlampe leuchtet direkt auf uns zu, hat uns aber noch nicht erfasst. Ich spüre, wie angespannt Clara ist. Dann macht sie das Licht an. Ich renne los. Die Schritte verstummen. Jetzt hat Clara den Kopf des anderen getroffen.

Es ist nicht Seberth. Es ist der Falkenjäger!

In dem Augenblick ramme ich meine Schulter in seinen Bauch. Aber obwohl ich aus der Dunkelheit komme und den Mann überrumpelt haben muss, hat er seine Bauchmuskeln angespannt. Er taumelt zwar ein wenig, aber ich bin es, der stolpert, ausrutscht und hinfliegt. Sofort rapple ich mich wieder auf, bevor die Angst mich auf dem Boden festnagelt. Der Falkenjäger hat sich inzwischen von seiner Überraschung erholt. Seine Taschenlampe erfasst mich, dann leuchtet er auf Clara. Die Lichtkegel kreuzen sich wie Laserschwerter. Die Zeit hält für ein paar Augenblicke den Atem an.

»Horus«, sagt der Mann in die Stille.

Verdattert folge ich seinem Lampenstrahl. Im Lichtschein sieht man mein Geburtstagsgeschenk um Claras Hals baumeln.

21

Clara streicht flüchtig über ihre Kette, dann verlagert sie ihr Gewicht, um das kaputte Bein zu entlasten. »Sie kennen Horus?«, fragt sie.

Der Mann, dessen Augen starr auf den Talisman gerichtet waren, wendet jetzt seinen Blick ab und nickt langsam.

»Ich habe Decken und Kaffee mit«, sagt er. Auf einmal klingt die Stimme des Mannes gar nicht mehr heiser. Sie ist weich, und er spricht in einem eigentümlichen Singsang. Sein Deutsch ist fehlerfrei.

Er nimmt einen Rucksack ab. Es ist mein Rucksack, den Clara mir geschenkt hat.

»Hey, Sie haben meinen Rucksack gestohlen!«, rufe ich. Und dann sehe ich die Decken, die aus Seberths Auto stammen, so wie die Taschenlampe – und selbst die Thermoskanne ist von Seberth.

Ohne auf meinen Ausruf einzugehen, reicht er uns die Decken, und wir wickeln uns darin ein. Dann schenkt er uns etwas Heißes ein. Es ist unser Lupinenkaffee. Sein Duft ist betörend. Was beim Frühstück noch so eklig wie verbranntes Toastbrot stank, hier, in der dunklen Höhle, duftet es aromatisch und wild. Clara nippt an dem Becher. Dann gibt sie ihn mir. Auf meinen unterkühlten Lippen ist der Kaffee noch heißer, als er ohnehin schon ist. Er schmeckt besser als Schokolade. Ich kann spüren, wie er sich in meinem Bauch ausbreitet. Ich fühle mich, als müsste ich gleich lachen. Noch einmal geht der Becher zwischen uns hin und her. Dann ist er leer.

»Danke schön«, sagt Clara, als sie den Becher zurückgibt. »Was machen Sie hier?«

»Ich wollte euch helfen«, sagt der Fremde. »Ich habe gesehen, wie erst du«, er zeigt auf Clara, »und dann du«, er zeigt auf mich, »in den alten Schacht gestürzt seid. Ich habe abgewartet, ob ihr von selbst wieder auftaucht. Aber als ihr nicht mehr hochgekommen seid, habe ich mir die Sachen aus eurem Auto geholt und mich auf die Suche gemacht.«

»Nein, ich meine, was wollen Sie von dem Falken? Wieso sind Sie uns hierhergefolgt?«, hakt Clara nach.

Der Mann schweigt. Er sucht nach Worten. Dann sagt er: »Ich erzähle es euch. Aber wir sollten erst wieder an die Sonne kommen.«

»Wie sind Sie überhaupt hier reingekommen?«, frage ich.

»Durch den Eingang«, sagte er. »Kommt, ich zeig ihn euch.«

»Wir müssen sie tragen. Ihr Bein ist gebrochen, glaub ich«, halte ich den Fremden zurück.

Der Mann kniet nieder, gibt Clara seine Lampe und tastet ihr Bein ab.

»Ja, es ist tatsächlich gebrochen. Unglaublich, dass du mit dem Bein bis hierher gekommen bist«, sagt er. »Wir müssen das Bein schienen, damit der Bruch nicht verrutscht.«

Das kenne ich aus Indianerfilmen. Man nimmt dazu zwei Äste, legt sie neben das Bein und umwickelt dies stramm. Aber Holz werden wir hier unten kaum finden.

»Ich hole eine Schiene«, sage ich, nehme mir eine von Claras Taschenlampen und gehe zurück in die Höhle, wo wir das Bärenskelett gefunden haben. Ich weiß nicht, ob mein Plan Clara freuen wird, aber mir gibt er das Gefühl, endgültig in der Vergangenheit angekommen zu sein. Der Knochenbär liegt zusammengesunken in seiner Ecke. Ich mustere ihn furchtlos und ziehe die Unterschenkelknochen hervor. Die übrigen Gebeine rumpeln und sacken nach. Die unbequeme Haltung wird ihn bestimmt nicht mehr stören.

Clara schluckt, als ich mit den Knochen ankomme, sagt aber nichts.

»Sehr gut«, lobt der Mann, und mir gelingt auf Anhieb, was ich bei Seberth nicht geschafft habe: dass er mich für voll nimmt. Er legt die Knochen neben Claras Bein. Sie passen.

»Na gut«, sagt Clara.

»Und womit umwickeln wir das Bein?«, frage ich.

»Ich reiß mein Hemd in Streifen«, sagt der Fremde. Aber ich bremse ihn, ziehe meine Überlebenstasche nicht ohne Genugtuung hervor und drücke ihm einen Verband in die Hand.

Er nickt bewundernd, bilde ich mir jedenfalls ein, und verpackt dann Claras Bein fest in weißem Mull.

Als das Bein geschient ist, wendet er sich wieder an mich: »Wir tragen sie in einer Decke zurück.« Seine Stimme klingt so, dass man ihr gern gehorcht.

Mit zwei, drei Handgriffen faltet der Mann die Decke zu einer Trage. In dem Moment erlischt meine Taschenlampe.

»Mist«, sage ich und werfe das Ding in die Dunkelheit.

»Batterien entsorgt man«, flüstert Clara. Ihre Stimme ist sehr schwach. Sie sinkt auf die Decke, und ich hebe sie an. Der Mann nimmt das andere Ende mit einer Hand und die Taschenlampe in die andere. Dann geht er vor. Claras Kopf liegt zwischen meinen Fäusten.

Wir folgen dem Tunnel, den seine Taschenlampe in die Schwärze malt. In Gedanken reibe ich mir die Hände. Ich hatte es gewusst. Jede Burg hat einen unterirdischen Fluchtweg. Jetzt verläuft der Gang schräg nach unten. Wir gehen eine ganze Weile bergab.

»Kennen Sie die Horus-Sage?«, fragt Clara.

Der Mann bleibt stehen und blickt uns an. Man sieht das Weiß seiner Augen in der Dunkelheit.

»Kennt ihr sie?«, fragt er zurück.

Ich will natürlich gleich Ja antworten, immerhin habe ich mehrere Wochen Computerspiel in Ägypten auf dem Buckel, aber da ist etwas in der Stimme des Fremden, das mich zurückhält. Die Links haben mir zwar eine Menge Informationen gegeben, aber auf einmal kommt mir alles ganz und gar unverknüpft vor, so wie vorhin auf dem Rückweg vom See, als ich auf einmal nicht mehr verstanden habe, was

Friedrich II. eigentlich mit Horus zu tun hat. Irgendwie scheint da etwas zu fehlen. Zwar haben beide Geschichten etwas mit Falken zu tun, aber ich weiß nicht, ob sie zusammengehören oder nicht.

Nach einer weiteren Strecke bergab bleibt der Fremde plötzlich stehen. Er knipst seine Taschenlampe aus. Die plötzliche Dunkelheit blendet mich. Nach einer Weile gewöhne ich mich an das Schwarz, doch auch danach kann ich noch nichts sehen.

»Wir sind da«, sagt der Fremde.

»Wo?«, frage ich.

An der Bewegung der Decke merke ich, dass der Mann Clara vorsichtig ablegt. Dann höre ich seine Schritte, aber nicht lange. Plötzlich bricht grünes Licht herein, fließt in unser schwarzes Gewölbe, malt eine Straße aus Helligkeit und Tag. Man kann den Umriss des Fremden neben einem kleinen Loch erkennen. Er hat eine Hand durch die Mauer gesteckt und ein paar Zweige zur Seite gebogen.

»Wie haben Sie das gefunden?«, frage ich.

»Durch den Luftzug«, antwortet der Fremde. Aber ich weiß nicht, ob ich ihm das glauben soll. Wer kann schon einem Luftzug folgen?

Der Mann biegt die Zweige zur Seite und lässt noch mehr Licht hinein. Dann kommt er wieder und nimmt Claras Decke auf. »Der Eingang ist etwas verschüttet und zugewachsen, aber groß genug für einen Menschen.«

Ich soll zuerst durch die Öffnung in der Mauer. Der Mann macht eine Räuberleiter, und ich trete in seine Hände, greife durch das Licht und ziehe mich empor. Ich bekomme die warme Rinde eines Asts zu fassen und blicke mich um. Wir sind mitten in einem Dickicht aus Bäumen und Büschen gelandet. Kein Weg, keine Straße ist zu sehen. Dass der Fremde den Notausstieg von innen anhand des Luftzugs gefunden haben will, finde ich schon merkwürdig genug. Von außen aber ist es ganz unmöglich, ihn zu entdecken – es sei denn, man weiß, wo er ist.

Nun streckt Clara ihre Hand durch die Öffnung. Ich greife sie. Während ich Clara emporziehe, hebt der Fremde sie hoch. Sie gleitet neben mir auf den Boden und stöhnt leise auf vor Schmerz – oder laut vor Glück, endlich wieder im Leben zu sein. Mich durchfährt ein warmes Gefühl. Es ist mir ein bisschen peinlich, und vor ihr würde ich es nie zugeben, aber ich hab sie irgendwie richtig gern. Zumindest jetzt, wo sie sich das Bein gebrochen hat und nicht immer rumstänkert …

Dann kommt der Fremde mit einer einzigen, geschmeidigen Bewegung, die nichts von der plumpen Kraft Seberths hat, ans Tageslicht. Es scheint fast so, als ob die körperliche Anstrengung seine Eleganz erst richtig zum Ausdruck bringt.

22

Wir haben Clara aus dem Unterholz getragen und liegen auf einer kleinen Lichtung in der Sonne, die noch nie zuvor so hell war. Noch nie war der Wald so grün. Noch nie roch die Luft so intensiv.

Clara hat die Augen zusammengekniffen, was vielleicht auch an der fehlenden Brille liegt. Sie fingert an dem Handy rum und tippt ein paar Ziffern. Bis auf das Piepsen der Tastatur ist es still wie bei einer Gewitterpause zwischen Blitz und Donner.

»Das Handy geht nicht. Wir können keine Hilfe rufen«, sagt sie. »Wahrscheinlich haben die Akkus in der feuchten Luft einen Kurzschluss gekriegt, oder das Telefon ist beim Sturz kaputtgegangen.«

»Wie heißt du?«, fragt der Mann. Ich bilde mir ein, dass er nicht unzufrieden über das kaputte Handy ist.

»Jan.« – »Clara«, sagen wir gleichzeitig.

»Ich bin Amenophis«, sagt er.

Amenophis, wiederhole ich in meinem Kopf, das hört sich nicht arabisch an.

»Okay. Danke, dass du uns geholfen hast. Und jetzt die Geschichte. Und dazu noch einen Kaffee, bitte«, sagt Clara mit so schwacher Stimme, wie ich sie noch nie bei ihr gehört habe.

Sie braucht eine Verschnaufpause. Und ich auch. Im Moment ist es das Beste, einfach nur warm zu werden und in dem fleckigen Häkelmuster der Sonne liegen zu bleiben. Amenophis nickt. Er holt die Thermoskanne aus dem Rucksack und füllt den Becher erneut.

»Woher wusstest du, dass hier der Eingang ist?«, frage ich. Clara reicht mir den Becher, und ich fange einen Blick auf, der Zustimmung signalisiert. Sosehr uns Amenophis auch aus der Patsche geholfen hat, irgendetwas an ihm findet auch Clara merkwürdig. Es gibt mir ein starkes Gefühl, Clara auf meiner Seite zu wissen, und weil sie außer Gefecht gesetzt ist, fühle ich mich sogar ein bisschen für sie verantwortlich, was eine ziemlich komische Erfahrung ist.

»Horus, das wisst ihr vielleicht, ist der Gott des Lichtes aus dem alten Ägypten«, beginnt Amenophis und beantwortet meine Frage nicht, woher er wusste, dass die Burg diesen Ausstieg hat.

»Weißt du, dass der Falke nur ein Auge hat?«, frage ich den Fremden und komme mir vor wie Clara, die nie mit dem zufrieden ist, was andere ihr sagen.

Amenophis nickt bedächtig.

»Auch ich komme aus Ägypten. Vor dreitausend Jahren lebte dort der Pharao Echnaton. Er ist der Vater des Tutenchamun, von dessen Grab ihr bestimmt schon einmal gehört habt. Viele nennen Echnaton den Ketzerkönig, weil er mit dem alten Glauben der Ägypter brach, weil er die alten Götter und ihre Tiergestalten verbot. Stattdessen machte er die Sonne zum höchsten und einzigen Gott. Echnaton aber hatte viele Feinde – und die Priester des Horus-Tempels waren seine gefährlichsten Gegner. Um sie zu demütigen und ihnen seine Macht zu demonstrieren, besuchte er ihren Tempel, wo neben den steinernen Horus-Falken auch ein echter Falke lebte, der nur ein Auge hatte. Es war das heilige Tier des Horus-Glaubens, und Echnaton nahm ihn und tötete ihn, indem er ihm das Genick brach. Als er nach Hause kam, war seine Frau tot. Und die Priester des Horus-Tempels verfluchten ihn und sagten, Echnaton könne nur die ewige Ruhe finden, indem er sein Leben für den Horus-Falken gibt. Und seitdem, sagt die Sage, sind Echnaton und seine Frau getrennt, denn der Pharao darf nicht sterben und seine Frau in der Ewigkeit nicht wiedersehen.«

Ich blicke Clara an. Irgendetwas kommt mir an dieser Geschichte bekannt vor, bekannt und rätselhaft zugleich. Aber ich komme nicht drauf, was es ist. Clara hat wieder ihre Falte zwischen den Brauen.

»Willst du sagen, dass Echnaton seit dreitausend Jahren lebt?«, frage ich für Clara.

Amenophis lacht. »Es ist nur eine Sage.«

Und da fällt mir ein, was ich an der Geschichte wiedererkenne. Sie klingt wie die Friedrich-Sage. Der Pharao darf nicht sterben, der Kaiser lebt immer noch, beides wird durch Vögel angezeigt – Raben und Falken.

»So eine ähnliche Geschichte gibt es auch in Deutschland. Aber sie geht ein bisschen anders. In dieser Sage wird erzählt, dass ein Kaiser wiederkommt, wenn Raben über einem Berg fliegen«, sage ich.

Clara runzelt die Stirn, Amenophis aber nickt.

»Ja, Friedrich II. hat lange in Ägypten gelebt. Sein Freund war der Sultan al-Kamil«, antwortet er.

»Woher weißt du, dass es Friedrich II. war?«, frage ich. Ich habe ja nur gesagt, dass es ein Kaiser war, und seinen Namen nicht genannt.

»Dies hier ist seine Burg«, stellt Amenophis fest, wieder ohne meine Frage zu beantworten. Aber zweimal lasse ich mich nicht mit Andeutungen und vagen Antworten abspeisen, nicht, wenn ich auch für Clara reden muss.

»Willst du damit sagen, dass Friedrich die Sage mit den Raben aus Ägypten mitgebracht hat?«, frage ich und versuche den spröden Unterton zu treffen, den Clara manchmal hat.

»Das weiß ich nicht. Aber Friedrich hat damals von dem Sultan einen Falken geschenkt bekommen. Jetzt ist ein Falke hier aufgetaucht, bei einer Burg, die Friedrich gehört, einäugig und unbekannt wie der Horus-Falke aus dem ägyptischen Tempel. Deshalb bin ich hier.«

Ich blicke ihn misstrauisch an. Clara stellt ihre Kaffeetasse ab.

»Und wie soll das gehen, dass man sein Leben für den Horus-Falken gibt?«, fragt sie. Ihre Stimme hat nichts Bohrendes oder Scharfes, sie klingt einfühlsam und sanft.

Ich blicke erstaunt auf. Jetzt hab ich schon einmal versucht, Clara zu sein, und dabei wollte sie etwas ganz anderes wissen. »Ich weiß es nicht«, antwortet Amenophis, »ich weiß es wirklich nicht.« Und beim zweiten Mal schüttelt er den Kopf, als wollte er weinen.

Ich greife mir den Becher mit dem Kaffee, der nun längst kalt geworden ist, nippe und spucke ihn aus. Bei Tag schmeckt er bedeutend schlechter.

23

»Ich lauf mal los zu unserem Lager und schau, ob Seberth wieder aufgetaucht ist. Der kann dich dann ins Krankenhaus fahren«, sage ich zu Clara. »Bleibst du bei ihr, Amenophis?«

Er nickt, und Clara nickt auch. Ich stehe auf und beginne, den Bergweg hochzusteigen. Nach der Sonne zu urteilen, hat uns der unterirdische Gang ganz auf die andere Seite des Bergs geführt, genau unterhalb der Burgruine. Ich bin ein bisschen nervös, ob mich dieser Weg tatsächlich zur Wiese bringt. Andererseits kommt es mir gerade recht, ein paar Minuten alleine zu sein, denn so kann ich die Echnaton-Geschichte in die Lücke einfügen, die zwischen der Horus-Sage und der Friedrich-Sage geklafft hat und die unser Computerspiel einfach übergangen hat. Wenn Friedrich in Ägypten die Geschichte von Echnaton gehört hat, dann ist es bestimmt kein Zufall, dass er sich für Falken interessiert hat. Und die Legende, dass er gar nicht tot ist, sondern im Verborgenen lebt, ist im Grunde sogar die gleiche Geschichte wie die Echnatons.

Am Licht zwischen den Baumkronen sehe ich, dass ich nun gleich oben sein muss. Schon kann ich nicht mehr glauben, dass ich noch vor einer halben Stunde in einem unterirdischen Loch gefroren habe. Jetzt schwitze ich wieder wie verrückt. Ich fahre mir mit dem T-Shirt über die Stirn. Und da kommt mir ein verrückter Gedanke. Wenn Friedrich II. und Echnaton beide nicht sterben können, dann haben sie vielleicht etwas miteinander zu tun. Ich schüttle den Kopf. Nein, das kann alles nicht sein. Es sind nur Sagen. Ich bin es, der sie sammelt und zusammensetzt. Wenn man erst einmal anfängt, Überschneidungen in den Geschichten zu suchen, dann passt auf einmal alles zusammen. Und wenn man die Zeit nicht mehr vergehen lässt, dann leben auf einmal alle Menschen ewig, und alles ist eins. Aber Menschen sind sterblich, und weder Friedrich noch Echnaton leben. Clara würde nie auf solche Gedanken kommen. Nur ich bin so doof, computerspielverdorben, an unendliche Möglichkeiten gewöhnt, zwischen Geschichten hin und her zu springen. Ich wusste auch, dass die Burg einen Notausgang hat, und wieso sollte ihn dann ein anderer nicht auch einfach finden können!

Ich bin so mit mir und dem Hin und Her meiner Gedanken beschäftigt, dass ich das schwarze Gleißen zwischen den Bäumen gar nicht bemerkt habe. Erst jetzt, wo ich es fast erreicht habe, erkenne ich, dass vor mir im Wald ein Auto steht. Es ist der Nobeljeep von dem Vorsitzenden des Umweltverbandes. Ich beginne zu laufen. Das Auto glotzt mich aus seinen riesigen Scheinwerfern an. Dann sehe ich durch die Fensterscheiben hindurch, dass am Kofferraum jemand steht. Laut rufe ich »Hallo«. Seberth tritt hinter dem Auto hervor und schaut mir entgegen, aber er erwidert meinen Ruf nicht, sondern verschwindet sogleich wieder dahinter. Ich trete heran und entdecke noch einen anderen Mann: den Herrn Vorsitzenden. Ich stütze mich auf das Auto und hole erst mal Luft. In meinem verschwitzen Horizont taucht erneut Seberths unrasiertes Gesicht auf, um gleich wieder zu verschwinden. Ich frage mich, was er und dieser Lackaffe hier machen und wieso Seberth nicht auf seinem Falkenposten ist. Wieso parken sie den Jeep hier und nicht oben auf der Wiese bei unserem Lager? Ich gehe um das Auto herum.

»Jan«, sagt Seberth. Seine Stimme klingt komisch, denn zum ersten Mal versucht Seberth, sie nett klingen zu lassen.

»Wer ist das, Seberth?«, fragt der Politiker, was mich gleich ärgert, denn eigentlich müsste er mich kennen. Immerhin wurde ich am Abend im Naturkundemuseum extra gelobt.

»Ich passe auf die Falken auf«, gebe ich zurück. Es klingt etwas beleidigt und soll auch so klingen.

»Wieso seid ihr schon vom See zurück?«, fragt Seberth in einem total affigen Tonfall, als interessiere es ihn. Irgendwie haben sich die beiden merkwürdig vor den Kofferraum gestellt, so als wollten sie mir die Sicht auf irgendetwas verstellen.

»Hast du uns nicht rufen gehört?«, frage ich.

»Nein. Wo ist Clara?«, erkundigt er sich.

»Sie ist verletzt«, antworte ich. Ich trete näher, Seberth macht sich vor mir breit, aber ich weiche zur Seite und werfe einen Blick in den Kofferraum. Auf der Ladefläche des Rovers befinden sich eine Menge Drähte und Federn. Daneben liegt ein Koffer, ein schwarzer Aktenkoffer. Und in dem Koffer liegt unser Falke, den Kopf eigentümlich verdreht. Man kann das blinde Auge nicht mehr von dem anderen unterscheiden. Das Leben in ihnen ist zerbrochen.

Ich gebe zu, dass mich der Falke oft genervt hat und ich nicht so ein liebvolles Verhältnis zu ihm hatte wie Clara. Aber als ich ihn so tot daliegen sehe, zerreißt es mir fast das Herz.

Fassungslos wende ich mich an Seberth. »Was ist passiert?«

Seberth zögert. Er zögert zu lange. Als er antwortet, glaube ich ihm schon nicht mehr.

»Er war krank. Dieser Mann hier ist Tierarzt. Er wird untersuchen, woran er gestorben ist.«

Ich sehe den verrenkten Kopf vor mir. Unser Falke war immer quietschfidel. Nie im Leben ist der an einer Krankheit gestorben. Und da sind die Drähte und die Federn im Kofferraum, als hätte ihn jemand gerupft. Sie haben ihm eine Falle gestellt. Unsere Vorgesetzten, die Chefumweltschützer, haben den Falken ermordet!

»Ihr Schweine!«, stoße ich aus. Dann springe ich vor, ramme den Politiker zur Seite, reiße den Koffer an mich und renne los. Ich weiß nicht, warum ich das tue. Mit dem Koffer habe ich keine Chance, den Männern zu entkommen. Außerdem macht das den Falken auch nicht wieder lebendig. Trotzdem kann ich nicht anders. Unseren Falken will ich diesen Arschlöchern nicht überlassen.

Ich jage den Hang hinauf, auf unsere Wiese zu. Den Koffer halte ich mit beiden Händen zusammen, um den Falken nicht zu verlieren. Im Laufen lässt sich der Koffer nicht schließen. Seberth ruft hinter mir her, dass ich stehen bleiben soll, aber Seberth kann mich jetzt mal. Ich blicke am Koffer hinunter und sehe zwei Schnüre, die zwischen Deckel und Bodenschale eingeklemmt sind. Offensichtlich war der Falke noch nicht richtig eingepackt, sonst hätten sie den Koffer bestimmt geschlossen, als ich um das Auto gekommen bin.

Hinter mir heult ein Motor auf. Ich brauche mich nicht umzudrehen, denn ich weiß, dass sie mir mit dem Jeep folgen. Schnell biege ich in den Wald ab und presche durch das Unterholz immer noch auf unsere Wiese zu. Der Jeep unter mir hält, und ich weiß, dass Seberth nun meine Verfolgung durch den Wald aufnimmt. Ich drehe mich um, um zu sehen, wie viel Vorsprung ich habe. Gegen Seberth, der ein durchtrainierter Sportler ist, habe ich auf Dauer keine Chance. Ich weiß nicht, wie ich mich retten soll. Irgendetwas muss passieren! Seberth ist noch unten am Berghang, während ich fast oben bin, ich habe vielleicht zwanzig Meter Vorsprung. Aber in dem Moment, in dem ich zu Seberth schaue, stolpere ich, schlage hin, verliere den Koffer. Der Falke rutscht heraus. Ich rapple mich wieder auf, haste zu dem Vogel, greife ihn und renne weiter. Es fühlt sich ganz merkwürdig an, den toten Falken unterm Arm zu tragen. Sein Federkleid ist ganz weich und glatt, und sein Gesicht, so dicht vor mir, sieht bedrohlich aus. Aber das Merkwürdigste ist, dass er noch ganz warm ist und ich fast das Gefühl habe, dass er sich anschmiegt.

Jetzt habe ich die Burgmauer erreicht, genau dort, wo der Falke sein Wohnklo angelegt hat. Ich ziehe mich hoch, und vor mir liegt die Wiese. Weit hinten höre ich den Motor des Jeeps dröhnen. Der Politiker ist ebenfalls auf der Wiese. Ich blicke mich um. Ich muss mich verstecken! Aber wo? Dann sehe ich das Loch. Das Loch, durch das Clara und ich gestürzt sind. Das Seil hängt noch herab. Ich könnte mich daran hinunterlassen und wäre vom Erdboden verschluckt. Ich laufe hin und kapiere, dass dieser Plan nicht funktioniert, weil jeder sofort das Seil entdecken würde. Aber das ist die Lösung! Ich ziehe und zerre das Seil aus der Höhle. Schnell blicke ich mich um. Ich kann Seberth schnaufen hören, aber noch ist er nicht da. Ich werfe den Falken ins Gras hinter das Loch und lege das Seil auf den Boden. Das Seilende in der Hand, kauere ich am Boden. Ich weiß, dass ich nur diese eine Chance habe. Ich muss Seberth durch das Seil ein Bein stellen und ihn zu Fall bringen. Seberth lässt bestimmt nicht mit sich spaßen, denn es geht ja nicht nur um das Geld, das er für den Falken kriegen kann, es geht auch darum, dass er garantiert nie wieder einen Job im Umweltschutz kriegt, wenn das hier rauskommt.

Ich beiße die Zähne fest aufeinander. Seberth kommt. Er rennt, Schweißringe unter den Armen und auf der Brust, sein Gesicht ist verzerrt, seine Zähne sind gefletscht. Jetzt verharrt er und blickt sich um. Kurz streift er die Stelle, wo ich liege, aber er bemerkt mich nicht. Dann erblickt er den Falken. Mit ein paar Sätzen ist er heran.

Und da reiße ich das Seil hoch. Es erwischt Seberth voll im Lauf. Er stürzt hin, fast mit dem Gesicht in das Loch, doch nicht ganz. Ich habe unterschätzt, wie klein er ist. Jetzt ist er schon fast wieder auf den Beinen, und ich bin verloren. Er braucht nur an dem Seil zu ziehen, dann hat er mich.

Und nur, weil ich sonst verloren wäre, habe ich plötzlich Mut. Ich springe auf, renne los, renne auf Seberth zu, der sich nun nach dem Seil bückt – und in dem Moment, in dem er wieder steht, renne ich gegen ihn, wie ich gegen Amenophis gerannt bin. Aber im

Gegensatz zu ihm stößt Seberth einen Schrei aus, der auf eine fast niedliche Art überrascht klingt, macht einen Schritt und verschwindet in dem Loch wie ein Taucher im Wasser. Ich hingegen habe von meiner verfehlten Aktion vorhin gelernt und stehe noch.

Ich höre Seberths Aufprall und seinen erneuten Schrei, diesmal nicht mehr niedlich. Und im selben Augenblick weiß ich, dass ich meinen Mut nie bereuen werde und Clara meine Heldentat allen in der Klasse, ja wahrscheinlich dem ganzen Ort, erzählen wird.

Ich drehe mich um, um den Falken aufzuheben, da steht dieser Politikertyp vor mir. Er hat eine Pistole in der Hand. Ich habe ihn und seinen Rover im Eifer des Gefechts völlig vergessen. Und jetzt geht mir auf einmal wirklich die Muffe. Seberth war ein Kraftprotz und gemein, aber das Gesicht dieses Typen ist auf eine so weiche und unfassbare Art böse, dass ich nicht mehr weiß, was ich hier überhaupt tue.

»Gib mir den Falken«, sagt er. Ich gehorche. Was soll ich sonst tun? Ich hebe den Falken auf und fühle es in meiner Handfläche pochen. Wahrscheinlich rutscht ein Herz gar nicht in die Hose, sondern in den Hemdsärmel. Einen letzten Blick werfe ich auf den Falken, und er blickt mich an, einäugig, aber aus einer gelben Iris, und sein Gesicht ist scharf und hakenschnäblig. Ein neuer Gedanke schießt durch meinen Kopf. Vielleicht war der Falke gar nicht tot, vielleicht war es sein Herzschlag, den mein Puls gefühlt hat, vielleicht sieht sein Auge wieder und starrt nicht nur blind ins Jenseits. Ich gebe dem Mann den Falken.

»Und jetzt zum Loch«, sagt er und winkt mit der Pistole. Ich ahne, was er will. Er will auch mich in das Loch stürzen, um mich und Seberth für immer loszuwerden.

»Ich bin nicht allein«, sage ich. Vielleicht will er auch noch auf mich schießen, um sicherzugehen, dass wir es auch wirklich nicht mehr herausschaffen.

»Sagtest du nicht, dass sie verletzt ist?«, antwortet er kalt.

Ich bin am Loch. Der Mann hält seine Pistole in meine Richtung. Ich merke, dass ich ganz nötig pinkeln muss. Ich bin kurz davor, mir in die Hose zu machen. Ich weiß, dass ich etwas sagen muss, ich muss reden, damit er nicht schießt! Reden kann ich doch immer! Ich kann es nicht. Jetzt nicht. Nichts fällt mir ein, außer der Sage um Horus und Echnaton und Friedrich.

»Horus«, sage ich. Aber das wird überdeckt durch

einen hohen Schrei. Auf der Burgmauer steht Amenophis. Nein, er steht nicht. Er fliegt. Mit ausgebreiteten Armen springt er, segelt durch die Luft. Jedenfalls sieht es so aus. Der Politiker dreht sich um, Falke und Pistole in der Hand, und ich springe von dem Loch zurück. Amenophis ist schon über dem Mann, er umschlingt ihn mit beiden Armen. Der Politiker versucht, seine Pistole freizubekommen. Ich sehe mich nach einem Stock um. Aber noch bevor ich eingreifen kann, knirscht es unter meinen Füßen. Ein fürchterliches Geräusch. Die Erde teilt sich. Ich blicke hinab, tatsächlich geht ein Riss durch den Boden! Ich hechte zurück – und in dem Moment stürzt die Decke des Kellergewölbes zusammen und reißt Amenophis und den Politiker mit in die Tiefe. Staub steigt aus der Erde, und das Echo des Einsturzes läuft durch die Höhlen. Vorsichtig gehe ich an die Kante. Amenophis ist in doppelter Gefahr, vielleicht ist er verletzt, ganz sicher aber werden ihn Seberth und der Politiker übel zurichten.

Ich knie mich hin und rufe »Amenophis?« in das Loch. Noch mal rufe ich.

»Hol uns hier raus!«, höre ich Seberths Stimme, jetzt wieder gewohnt unfreundlich. Und der Politiker schimpft im Hintergrund.

»Wo ist Amenophis?«, frage ich in die Schwärze.

»Wer?«, fragen beide zurück. Und in dem Augenblick schießt etwas an mir vorbei. Zuerst denke ich, es ist eine aufgeschreckte Fledermaus, aber dann blicke ich auf – und über mir, eingefasst von der blauen Silhouette des Himmels, steht ein Falke.

24

»Unser Falke?«, fragt Clara.

Aber ich weiß es so wenig wie sie.

Ich bin jedenfalls nicht noch einmal in den Gang hinabgestiegen, auch wenn das Seil noch da war und Seberth und der Politiker nach dieser Katastrophe sicherlich außer Gefecht gesetzt waren. Als mich das dunkle Loch angähnte und mir kalt die dumpfe Moderluft entgegenwehte, hab ich mich umgedreht und bin zu Clara gegangen. Mit meinem Handy, das zum Glück noch in meinem Rucksack steckte, haben wir die Polizei gerufen.

Ich weiß nicht, ob der Falke unser Horus-Falke war, möglich ist auch, dass Amenophis ihn mitgenommen hat. Denn die Polizei hat, als sie endlich kam, nur Seberth und den anderen Mann mit etlichen Brüchen und Quetschungen aus dem unterirdischen

Verlies befreit und in Gewahrsam genommen. Leider sind die Strafen für Wilderei und Umweltvergehen in Deutschland bei Weitem nicht hoch genug.

Amenophis wurde jedenfalls nicht gefunden – und unser Falke auch nicht.

Als wir im Auto ihrer Eltern sitzen und die Landschaft in grüner Schraffur vorbeirauscht, fragt Clara, ob ich glaube, dass Amenophis durch den Geheimgang verschwunden ist.

»Wie Friedrich II. nach seinem Tod?«, frage ich.

Clara blickt mich wieder schräg an.

Zuvor war ich mit Clara im Krankenhaus, wo sie einen sauberen weißen Gips bekommen hat. In die Klinik ist auch noch so ein Obervogel der Naturschutzorganisation gekommen und hat sich bei uns bedankt.

»Was ist mit dem Falken? Hat er nicht gesagt, dass man sein Leben für das des Falken geben muss?«, fragt Clara.

»*Man* nicht«, gebe ich zurück. »Echnaton. Du willst doch nicht sagen, dass Amenophis zum Falken geworden ist?«, antworte ich. Das sind Gedanken, von denen ich dachte, dass nur ich sie denke. Und sie laut auszusprechen hätte ich mich nie getraut.

»Warum nicht?«, fragt Clara.

»Weil das nicht zu dir passt. Weil du an so was nicht glaubst.«

»Aber du glaubst es doch auch«, gibt sie zurück.

Doch ich weiß nicht, ob sie damit recht hat. Alles kann auch ganz anders gewesen sein. Amenophis kannte ja den Notausgang, und vielleicht ist er einfach abgereist und hat den Falken mitgenommen. Und vielleicht war der Falke, der aus der Höhle kam, doch nur eine Fledermaus oder irgendein Turmfalke, oder ich habe mich einfach getäuscht. Ich habe mich darin getäuscht, dass der Falke mich noch einmal angeschaut hat, und ich habe mich darin getäuscht, dass Amenophis sich fast schon wie ein Vogel auf den Politiker gestürzt hat. Nein, Clara hat nicht recht. Ich glaube es nicht, aber ich weiß, dass ich mich, wenn ich mich zwischen zwei Geschichten entscheiden muss, immer für die unwahrscheinlichere entscheiden würde. Deshalb glaube ich es doch.

Noch am Abend desselben Tages sind Clara und ich wieder zu Hause. Durch das vorgezogene Ende der Falkenwacht hat meine Wäsche doch noch gereicht.

Ich habe kein Computerspiel zum Geburtstag geschenkt bekommen. Und das ist auch okay. Angesichts der letzten Tage wäre es bestenfalls ein lauer Aufguss gewesen. Außerdem hätte mir dafür noch der Computer gefehlt.

Der Inhalt des Kartons, der vor meinem Bett steht, ist tausendmal besser. Es ist ein Skateboard. Dass Clara mit einem gebrochenen Bein außer Gefecht gesetzt ist, gibt mir die Chance, heimlich zu trainieren. Wenn sie wieder auf den Beinen ist, wird sie mir nichts mehr vormachen können. Allerdings lag auf dem Karton auch die Rechnung für den Horus-Anhänger. Ich werde Antonia anpumpen müssen.

Ich fahre auf dem Skateboard durch die Felder. Die Luft ist heiß wie ein Fön. Ein Heuwender wirbelt Erde, Grasstaub und Hitze durcheinander. Meine Zunge ist am Gaumen angetrocknet. Die Sonne dreht ihre flackernde Runde über der Landschaft. Im Fernsehen wird gesagt, der Wind kommt direkt aus Afrika.

Eben war ich bei Lasse. Der hat einen neuen Computer, weigert sich aber, das Seth-Spiel darauf zu spielen, und verbringt seine Zeit damit, sich vor Luisa zu verstecken. Mir ist das auch recht. Ich habe eh andere Interessen. Clara muss ihr Bein noch immer schonen.

Ohne es so geplant zu haben, führt einer meiner Trainingswege an ihrem Haus vorbei. Ich merke es erst, als ich schon fast da bin. Und seit unserer Falkenwacht glaube ich an keine Zufälle mehr.

Ich rolle bis zur Haustür, springe ab und klingle.

Ihre Mutter macht auf und scheint sich zu freuen, mich zu sehen.

»Hallo Jan, Clara wartet schon auf dich.«

Wir gehen zu Clara auf die Terrasse. Ich frage mich, warum sie auf mich wartet. Immerhin wusste ich selbst nicht, dass ich sie besuchen würde.

Das kaputte Bein hat sie auf einen Stuhl gelegt. Der Gips reicht ihr bis über das Knie. Das eine Bein ihrer Armeehose hat sie noch kürzer abgeschnitten. Man sieht ihre Zehen aus dem Gips lugen. Ich weiß nicht, ob sie sich wirklich freut, mich zu sehen, jedenfalls kann sie gerade nicht vor Glück aufspringen. Aber ihre Augen lächeln mich durch neue, rote Brillenränder an, und sie gibt mir ein Päckchen.

»Dein Geschenk«, sagt sie.

Ich taste es ab. Es ist ein Päckchen von der Größe eines Schuhkartons. Ich reiße das Geschenkpapier auf. Aber Clara wäre nicht Clara, wenn sie mir das Gleiche wie meine Eltern schenken würde. Es ist ein Buch. Es heißt *Die Frau des Ketzerkönigs*.

»Ist das über die Frau von Echnaton?«, frage ich.

Clara nickt, nimmt mir das Buch aus der Hand und blättert darin. Ich betrachte Horus an ihrem Hals. Dann liest sie vor: »Echnaton heißt eigentlich Amenophis IV.«

»Was?«, unterbreche ich.

»Ja. Amenophis!«, sagt Clara. »Ich habe es auch zuerst nicht geglaubt.«

»Echnaton und Amenophis sind ein und dieselbe Person?«, rufe ich. Andererseits, was hat das zu sagen? Vielleicht ist der Name in Ägypten noch immer ganz gebräuchlich.

»Ja. Und so sieht er aus!« Clara hält mir das Buch hin. Darin ist eine Büste Echnatons abgebildet. Sie sieht ein bisschen so aus, wie ägyptische Büsten eben aussehen. Aber ohne Zweifel ist es das Gesicht von Amenophis. Die gleiche spitze Nase, die wie Lippen geschwungenen Brauen, das feine Gesicht.

»Das gibt es doch nicht«, entfährt es mir.

»Seine Frau«, liest Clara weiter, »war Nofretete.«

Sie blättert um zu dem Porträt von Nofretete. Aber das braucht sie gar nicht. Ich kenne die Büste von ihr. Sie ist in unserem Geschichtsbuch abgebildet. Auch nach dreitausend Jahren sieht man, dass sie wunderschön gewesen ist. Trotzdem stehe ich auf und schaue über Claras Schulter. Es ist unmöglich, sitzen zu bleiben. Da ist Nofretete, Amenophis' Frau – und sie hat nur ein Auge. Das andere Auge ist milchig weiß, als hätte einer vergessen, es anzumalen.

»Das Auge des Mondes«, flüstere ich.

Die Sonne war aufgegangen und brannte nun ein helles Loch in den Himmel. Noch war er dunkelblau, doch bald würde der Tag ihn auswaschen. Auf der anderen Himmelsseite war blass die schmale Mondsichel zu erkennen, als wäre sie von der Nacht vergessen worden. Auf einen hauchdünnen Strich zusammengeschmolzen, raubte ihr der beginnende Tag jede Farbe. Ein weißer Schnitt im Firmament, das die Sonne nun zurückeroberte.

Genau in der Mitte zwischen Sonne und Mond flatterten zwei Falken, den Kopf in Lauerstellung leicht abgewinkelt. Der Abstand zwischen ihnen war stets gleich groß. Wenn ein Vogel seine Position veränderte, tat es ihm der andere nach. Ein Pärchen, das unzertrennlich am bleichen Himmel stand.

Unter ihnen lag Edfu, und der Horus-Tempel spiegelte sich in der Hitze der Luft. Dahinter zog sich endlos die Arabische Wüste ins Land.

DER WANDERFALKE

In »Flug der Falken« haben es brutale Wilderer auf einen seltenen Falken abgesehen, weil sie damit auf dem Schwarzmarkt viel Geld verdienen können. Jan und Clara machen es sich zur Aufgabe, den Falken zu bewachen. Auch im echten Leben müssen Falken streng geschützt werden, damit der Bestand erhalten bleibt. Es gibt viele verschiedene Falkenarten. Die Falkenart, die auf der Welt am weitesten verbreitet ist, ist der Wanderfalke. Aber das war nicht immer so. Lange Zeit gab es fast gar keine Wanderfalken mehr: Die Art war vom Aussterben bedroht. Deswegen stehen die Falken auch heute noch unter strengem Schutz.

Wir haben einen Experten gefragt, was man über den Wanderfalken wissen muss.

WO LEBEN WANDERFALKEN?

Wanderfalken kommen fast in allen Teilen der Erde vor. Gemieden werden nur die kalten Polarregionen und die dichten Regenwälder. In diesen Lebensräumen fühlt sich der Falke nicht wohl.

Grundsätzlich können Wanderfalken überall dort vorkommen, wo es ausreichend Nahrung für sie gibt. Sie sind bei der Wahl ihres Lebensraumes sehr flexibel. Man findet sie überall dort, wo es die Möglichkeit gibt, auf hohen, möglichst unerreichbaren und übersichtlichen Standorten ihre Jungvögel aufzuziehen.

Ursprünglich waren Wanderfalken wohl Felsbrüter. Wichtig sind ihnen ein guter Überblick und ein sicherer Brutplatz, der am besten hoch über dem Bodengrund liegen sollte. Im hohen Norden brüten Wanderfalken in den endlosen Weiten der Tundra, aber auch auf dem Boden. In einigen Teilen Europas gab es früher auch mehrere Tausend Brutpaare, die auf Bäumen in großen Nestern anderer Vogelarten brüteten. Das nennt man Baumbrüter.

Wanderfalken gehören, wie alle anderen Falkenarten auch, zur Familie der Falkenartigen. Somit gehören sie nicht zu den Greifvögeln, die auch Habichtartige genannt werden. Sie haben keinen gemeinsamen Vorfahren mit diesen, dafür aber mit den Papageien.

WIE LEBEN WANDERFALKEN?

Wanderfalken ernähren sich hauptsächlich von kleineren Vögeln, wie zum Beispiel Tauben. Der freie Luftraum ist für Wanderfalken sehr wichtig, denn nur hier fangen sie ihre Beute. Wanderfalkenweibchen sind größer als die Männchen und deshalb in der Lage, größere Beute zu erjagen. Die wendigeren Männchen fangen dagegen sehr erfolgreich kleinere Vögel. So steht dem Paar ein größeres Beutespektrum zur Verfügung.

Im Gegensatz zu den Geifvögeln bauen Falken kein eigenes Nest, um ihre Jungen aufzuziehen. Stattdessen benutzen sie dafür Felsnischen oder die bereits gebauten Nester anderer Vögel. Die Eltern legen drei bis vier Eier und bebrüten anschließend rund vier Wochen lang abwechselnd das Gelege.

Mit der Pflege und Versorgung der Jungvögel sind beide Eltern dauernd beschäftigt. Nach etwa 40 bis 44 Tagen wagt der Nachwuchs schließlich den ersten Flug, was nicht immer auf Anhieb gelingt. Aber die jungen Falken lernen rasch, sich im Luftraum geschickt zu bewegen. Das selbstständige Jagen und Fangen von Beute erfordert allerdings eine längere Ausbildung durch die Eltern.

Der Wanderfalke ist ein ausgezeichneter Jäger. Oft erspäht er passende Beutevögel mehrere Kilometer entfernt am Himmel und muss es dann schaffen, sich unerkannt anzunähern. Dafür hat er sich eine einzigartige Taktik angeeignet: Nachdem er sich seine Beute ausgesucht hat, geht er in den Sturzflug über und erreicht dabei Geschwindigkeiten von über 300 Stundenkilometern. Kein anderer Vogel wird so schnell wie er. Da der Falke von oben auf die Beute zustürzt, nimmt diese nicht seine typische Silhouette wahr und wird darum gar nicht als Fressfeind erkannt. Seine Tarnung im freien Luftraum besteht darin, dass er in diesem Moment durch seine enorm hohe Geschwindigkeit mit angelegten Flügeln urplötzlich als großer Punkt vor seiner Beute auftaucht und quasi aus dem Nichts heraus zuschlägt. Manchmal bremst der Wanderfalke seinen Hochgeschwindigkeitsflug bereits kurz vor dem Ziel ab, um die Heftigkeit des Aufpralls etwas zu mindern oder Ausweichmanöver der Beute berücksichtigen zu können.

Im Nasenloch des Falken befindet sich ein kleines, punktähnliches Organ, das Nasenkorn. Es dient dem Vogel bei seinen hohen Geschwindigkeiten als Druckausgleich.

Die Beute wird unmittelbar nach dem Ergreifen durch einen Nackenbiss getötet. Das erledigt der Falkenzahn, der an den Schneidekanten des Oberschnabels sitzt. Er ist typisch für alle Falkenarten.

Wanderfalken haben aber noch eine Reihe weiterer Jagdmethoden. So treiben sie manchmal einen Vogelschwarm vor sich her, um einzelne Vögel vom Schwarm abzudrängen und sie so besser fangen zu können.

Die Falkeneltern jagen in der Brutzeit, wenn sie hungrige Kinder haben, oft auch zu zweit. Einer macht einen Angriff auf die Beute, und der Partner wartet unentdeckt abseits am Himmel, um bei Misserfolg des Partners noch ein weiteres Mal plötzlich zuzustoßen.

Weil Wanderfalken so ausgezeichnete Jäger sind, wurden sie bereits im Mittelalter von der etablierten Gesellschaft aus den Brutplätzen genommen und zur sogenannten Beizjagd abgerichtet. Dabei werden sie vom Falkner, das ist der Besitzer des Falken, darauf abgerichtet, die Vögel zu fangen, die der Falkner dazu auserwählt hat.

Die zur Beizjagd bestimmten Falken wachsen ohne Eltern auf. Weil sie von Anfang an nur den Falkner kennen, sind sie ganz auf ihn eingestellt und entwickeln zu ihm eine enge Bindung.

Auch heute noch wird die Beizjagd in vielen Ländern und besonders im Orient intensiv betrieben. Viele zur Beizjagd bestimmte Falken werden heute in Volieren gezüchtet, das sind sehr große Käfige.

DAS BEINAHE WELTWEITE AUSSTERBEN DES WANDERFALKEN

Die mehrere Tausend Paare starke Baumbrüterpopulation in Mittel- und Osteuropa starb bereits in der ersten Hälfte des 20. Jahrhunderts durch menschliche Aktivitäten aus.

Bald brach auch der Wanderfalkenbestand in weiten Teilen Europas und der restlichen Welt zusammen. Auch daran war direkt und indirekt ausschließlich der Mensch schuld. Weil der Wanderfalke sich gerne von Tauben ernährt, wurde er von Taubenzüchtern geschossen, vergiftet oder bereits als Jungtier aus den Brutplätzen genommen. Man schreckte damals noch nicht einmal davor zurück, Brutfelsen zu sprengen.

Ab 1950 begann zusätzlich der sorglose Umgang mit Insektenvernichtungsmitteln wie DDT sowie die Anwendung von PCBs, das sind chemische Verbindungen, die in der Industrie verwendet wurden. Diese Chemikalien wurden von allen Lebewesen über die Nahrung aufgenommen. Besonders stark waren die Beutetiere des Wanderfalken, nahezu ausschließlich Vögel, davon betroffen. All diese Schad- und Giftstoffe reicherten sich dadurch auch im Körper des Wanderfalken an. Das schwächte die Falken so sehr, dass sie früher starben, und führte außerdem dazu, dass die Schale ihrer Eier dünner wurde und noch vor dem Schlupf der Jungvögel zerbrach.

Die Folge war, dass der Wanderfalke von der Erde zu verschwinden drohte. Gleichzeitig wurde dem Menschen bewusst, dass auch er selbst von den Schadstoffen, die er so sorglos in die Umwelt entließ, betroffen war. So wurde der Einsatz von giftigen Pestiziden in vielen Ländern verboten.

In Deutschland drohte der Wanderfalke Mitte der 1970er-Jahre völlig zu verschwinden. Es gab nur noch rund zwanzig Paare des schnellen Falken in Baden-Württemberg sowie eine kleine, unbekannte Zahl an Paaren in den Alpen. Nur durch konsequente Bewachung der Brutplätze und den Schutz vor gewissenlosen Nesträubern konnte der Wanderfalke vor dem Aussterben bewahrt werden.

Die Rückkehr des Wanderfalken

Trotz strenger Schutzmaßnahmen erholten sich die Bestände des Wanderfalken zunächst nur langsam wieder.

Während es dem Wanderfalken viele Jahrhunderte lang nicht gut bekam, sich in der Nähe menschlicher Siedlungen niederzulassen, ist es heute genau umgekehrt. Wanderfalken brüten in der Nähe des Menschen. Oft werden hohe Gebäude in Kraftwerken oder der Schwerindustrie als Brutplätze genutzt: zum Beispiel

Kamine, Kühltürme, Stahlkonstruktionen oder auch sehr hohe Bürogebäude und Kirchen.

An solchen Gebäuden bringen organisierte Artenschützer oft Brutkästen an, um den Falken die Fortpflanzung zu erleichtern. Als Brutunterlagen dienen Kästen oder Körbe, die mit Sand oder Kies befüllt werden. Die Falken formen darin eine Mulde und legen ihre Eier hinein. Ohne eine solche Mulde könnten die Eier beim Brüten nicht gleichmäßig gewendet werden. Auf nacktem Boden wäre das Ausbrüten der Eier und somit das Schlüpfen der Jungvögel darum nicht möglich.

Auch inmitten der Großstädte brüten heute Wanderfalken und profitieren an den genannten Standorten unter anderem von den vielen dort lebenden, verwilderten Tauben, aber auch von anderen Vogelarten. So ging es mit dem Bestand des Wanderfalken wieder bergauf.

Unter gesetzlichem Schutz konnte sich bis heute in Deutschland ein Wanderfalkenbestand von rund 1500 Paaren entwickeln.

WO LIEGEN HEUTE DIE GEFAHREN FÜR DEN WANDERFALKEN?

Auch heute noch werden Wanderfalken verfolgt und durch Gift oder Schüsse getötet. Das ist eine Straftat und somit verboten.

Es gibt aber auch eine neue Gefahr für Falken und andere fliegende Tierarten, und zwar die Windkraft. Windkraftanlagen sind eine saubere Form der Energiegewinnung, die unsere Umwelt nicht belastet.

Für Falken und andere Vogelarten können sie aber zum Verhängnis werden, denn in über 180 Millionen Jahren Evolutionsgeschichte waren diese noch nie mit Windrädern konfrontiert gewesen. Der Wanderfalke ist zwar der schnellste Vogel der Welt – diese Schnelligkeit verhindert aber nicht, dass er bei seinen Jagdflügen in die sich drehenden Rotorblätter einer Windkraftanlage gerät. Bis heute sind in Deutschland 21 Fälle bekannt, bei denen Wanderfalken durch solche Unfälle zu Tode kamen. Die Dunkelziffer ist vermutlich noch viel höher.

Damit uns die Falken auch in Zukunft erhalten bleiben, ist es wichtig, dass wir Menschen respektvoll mit ihnen und ihrem Lebensraum umgehen. Hierzu gehört es auch, sich Gedanken zu einem breiten Mix der Nutzung alternativer Energien zu machen, bei dem auch die Vögel Berücksichtigung finden.